Touching The Void

无情之地

冰峰168小时

〔英〕乔·辛普森 著 乔菁 译

文汇出版社

新经典文化股份有限公司
www.readinglife.com
出　品

献给西蒙·耶茨

他的恩情我永远无法报答

也献给那些去往群山而未能生还的朋友

目录

推荐序

去年冬天，我在沙莫尼 ❶ 第一次遇到乔·辛普森。像许多攀登者一样，他觉得是时候开始学滑雪了，但不打算上正式课程，就自己学了起来。我早就听说过也读到过很多关于他在山上死里逃生的故事，其中以他最近在秘鲁的冒险为甚。但那些故事给我留下的印象都不深。

那天是在沙莫尼的一家酒吧里，我坐在乔旁边，心中很难把那些故事和名声与身边这个人联系起来。他皮肤黝黑，发型有点朋克风格，举止也有些粗鲁。很难想象他不在谢菲尔德 ❷ 的街道上，而是身处群山。那次碰面之后，我很少想起他，直到读了《无情之地》的手稿。这是我读过最不可思议的逃生故事之一，不仅情节精彩

---

❶ 沙莫尼（Chamonix），法国小镇，登山、滑雪等户外运动胜地。——本书脚注均为编译者所注
❷ 谢菲尔德（Sheffield），乔的家乡，位于英格兰中部南约克郡。

绝伦，而且乔的文字敏感细腻、富有张力，精准捕捉到了他和搭档西蒙·耶茨的极度恐惧、痛苦和其他种种情绪。从下山途中乔失足滑下山崖、摔断腿开始，到他在冰隙中独自承受痛苦的折磨，一直到他艰难爬回大本营，整个故事始终深深吸引着我，令我不忍释卷。

为了客观评估乔为生存所做的抗争，我将 1977 年自己在食人魔峰❶的经历与之对比。当时，道格·斯科特从顶峰绳降时滑落，摔断了双腿。这时的情况和乔一开始的遭遇很像。山顶条件恶劣，附近只有我们两个人。但在顶峰下方一处山坳的雪洞中，还有另外两名队友。我们被暴风雪困住，用了整整六天才下来，其中五天都没有食物。途中我还摔断了肋骨。那是我登山这些年来最糟糕的经历，然而，与乔独自遭遇的一切相比，也显得微不足道了。

1957 年，在喀喇昆仑山脉的哈拉莫什峰发生过一次类似的事件。牛津大学的登山队尝试完成这座 24 270 英尺❷高峰的首攀。在他们决定返回时，两名队员伯纳德·吉洛特和约翰·埃默里想沿山脊再往上走一点去拍照，结果被风砌雪雪崩❸卷走。所幸他们并未丧命，队友下来营救他们，但那只是一场漫长灾难的开端，全队最终只有两个人幸存。

他们的故事同样扣人心弦、令人动容。但因为是由职业作家

---

❶ 食人魔峰即拜塔布拉克峰（Baintha Brakk），位于巴基斯坦北部，是世界上最难攀登的主峰之一。

❷ 1 英尺约等于 0.3 米，24 270 英尺约合 7 281 米。

❸ 大风会将迎风坡上的表层雪吹向背风坡，在旧雪之上形成一层风砌雪，但两者无法紧密结合在一起，因而风砌雪在受压之后极易整层断裂，发生雪崩。

代为讲述，缺乏亲历者第一手记录的直观和力度。这也是乔·辛普森作品脱颖而出之处。这本书里的故事不仅是我听过的最难以置信的逃生故事之一，也写得生动深刻，令人感同身受，足以成为同类作品中的经典。

1988 年 2 月

克里斯·波宁顿 ❶

---

❶ 克里斯·波宁顿（Chris Bonington），英国登山家，国际登山界最伟大的登山家之一，著有多部与登山相关的作品。曾于 1975 年领队成功登顶珠穆朗玛峰，完成了英国人的首次登顶，并因其对登山运动的贡献获封爵士。

1 1号雪洞
2 2号雪洞
3 3号雪洞
4 4号雪洞
A 事故发生地
X 西蒙割断绳索的地方

C 冰崖和冰隙
a 乔在爬回营地的路上挖的第1个雪洞
b 乔独自度过第2个夜晚的地方
B 炸弹巷

------ 上山及下山路线

从山壁爬回营地

下山路线

湖泊

人皆有梦：但梦法不同。

有人夜间沉睡，尘封的心中生出梦来，

白日苏醒，发现那不过是一场虚空。

但也有人在白天造梦，

他们是危险分子，

因为他们睁着双眼，将梦践行，

让梦变成可能。

——T. E. 劳伦斯，《智慧七柱》

第一章　山湖之下

我躺在睡袋里，望着光线从红绿相间的帐篷顶布上透进来。西蒙鼾声如雷，正沉浸在睡梦之中，偶尔还抽动几下。我们可能身处任何地方。人在帐篷中，会有种特别的隐匿感。一旦拉上拉链，外面的世界便被阻隔在视线之外，所有的方位感都消失了。不论是在苏格兰、法国阿尔卑斯山，还是喀喇昆仑山脉，都一样。帐篷外的窸窣声、风雨拍打帐篷布的啪啪声、地布之下凸起的地面硬块、臭袜子混着汗水的气味——在世界哪个角落，这些都是不变的，就像羽绒睡袋的温暖一样令人心安。

帐篷外面，天空渐亮，群山即将迎来第一缕阳光，甚至可能会有秃鹫被帐顶的热气吸引，盘旋不去。这可不是凭空想象，昨天下午我就看到一只，在营地上空绕来绕去。我们现在身处秘鲁安第斯山脉瓦伊瓦什山中部，最近的村庄位于 28 英里❶之外，而

---

❶ 1 英里约等于 1.6 公里，28 英里约合 44.8 公里。

且只能沿崎岖的道路步行前往。四周是我平生见过最壮观的冰山群。但我们人在帐中，唯有从萨拉波峰不时传来的雪崩的阵阵咆哮，提醒着我们周遭的一切。

虽然贪恋帐篷里如同家一般的温暖和安全，但我还是不情愿地钻出睡袋，去生炉子。夜里下了点雪，结霜的青草在脚下嘎吱作响，我蹑手蹑脚地朝放炉子的石块走去，走过理查德小小的单人帐篷，白霜将它压得塌下去一半，里面没有任何响动。

我们把一块凸出的巨型漂砾❶的背风面当作厨房。我蹲在那儿，一边往炉子里加汽油，一边享受着独处的时光。汽油里有铁锈，温度又太低，摆弄半天，炉子仍然毫无反应。耐心操作以失败告终，我便开始暴力逼迫，将它直接放在丙烷燃气炉上，再把燃气炉开到最大。炉子一下子活跃起来，蹿出 2 英尺高的火苗，好像在肆意反抗掺有杂质的汽油。

锅里的水慢慢烧热了，我望向周围宽阔且遍布岩石的干涸河床。头顶的漂砾在很远的地方都能看到，除非天气极端恶劣。营地正前方不超过 1.5 英里处，矗立着一面几乎垂直的冰雪巨墙，直通萨拉波顶峰。左边，两座壮观豪华的冰雪城堡从冰碛海洋中拔地而起，俯瞰着我们的营地，那是耶鲁帕哈峰和拉萨克峰。雄伟的修拉格兰德峰海拔 21 000 英尺，被萨拉波峰挡在身后，在这里无法看到。1936 年，两名勇敢的德国人沿北山脊完成了修拉格兰德峰的首攀。从那之后，很少有人登顶。而真正的挑战，是沿着高达 4 500 英尺的西壁攀登，它令人生畏，难倒了目前所有尝试过的攀登者。

❶ 漂砾是和周边石料形状材质截然不同的天然石块，随冰川活动而来。

我关掉炉子，小心地把水倒进三个大杯子里。阳光还没有照上对面的山脊，待在阴暗处依然很冷。

"喝的准备好了，你还活着吗！"我兴冲冲地喊道，狠狠踹掉了理查德帐篷上的霜。他爬出帐篷，看上去冻得直抽筋，二话没说，拿着一卷卫生纸直接往河床走去。

"肚子还是不舒服？"他回来时，我问道。

"嗯……还没好利索，但我觉得比之前好多了。昨天夜里真他妈冻死了。"

我猜让他不舒服的也许并非炖芸豆，而是这里的海拔。我们的帐篷搭在海拔 15 000 英尺的地方，更何况他并不是登山者。

我和西蒙在利马一家廉价旅馆里遇到了理查德。当时他正在进行为期 6 个月的南美探险，差不多完成了一半。在他金属边的眼镜、整洁实用的衣着、轻巧敏捷的举止背后，是不时流露的冷幽默和一段在海滨流浪的不羁经历。他曾经划独木舟穿过扎伊尔的雨林，和俾格米人一起吃幼虫和浆果维持生命；还在内罗毕的市场上看到一名扒手被活活踢死。他的旅伴则因为一场可疑的磁带交易，在乌干达被那些动辄开枪的士兵射杀。

他周游世界，缺旅费时就做些苦工，通常都是独自一人，看种种异国机缘会把他带向何方。我和西蒙都觉得，登山时有这样一位有趣的看守在营地帮忙看装备会很不错。这样想可能有些冤枉当地贫穷的山地农民，但在利马的偏僻街巷待过一段时间之后，我们开始怀疑每个人。不管怎样，我们向理查德发出邀请，说如果他想近距离欣赏安第斯山脉，可以加入我们几天。

我们搭乘的大巴车破破烂烂，限载 22 人的车厢里硬是塞进了 46 个人，路边经常出现纪念失事大巴车司机和乘客的神龛，让人更加心神不宁。汽车发动机用尼龙绳捆在一起，司机换掉漏气轮胎时，用的竟然是一把小锄头。沿山谷向上行驶的 80 英里路程令人心惊肉跳，一路上骨头差点被颠散架。从大巴车下车之后，我们又步行了两天。

第二天快结束时，理查德开始出现高原反应。当时我们已经快要走到山谷尽头，暮色渐浓，他催我和西蒙跟驴子先走，好在天黑前扎营，他会慢慢跟上来。后面没什么岔路，他说自己肯定不会走错。

理查德沿着危险的冰碛地❶蹒跚前行，走到湖边。他以为我们是在那里扎营，后来才想起地图上还有一个湖。天开始下雨，气温越来越低。他身上的薄衬衫和轻便棉质裤子很难抵挡安第斯山脉夜间的寒意。他筋疲力尽，便下到山谷去寻找避寒处。之前上山时，他注意到一些用石头和瓦楞铁皮搭成的破旧小屋。他以为那些屋子是空的，能待上一晚，但惊讶地发现，这些屋子里已经住着两个十几岁的女孩和一大群小孩。

谈判很久之后，他终于在屋旁的猪圈找到了睡觉的地方。小屋里的孩子们给了他一些煮土豆和奶酪吃，还扔给他一捆被虫蛀过的破旧羊皮保暖。那晚漫长而寒冷，高海拔地区的虱子在理查德身上享用了最美味的一餐。

---

❶ 冰碛地是由冰川堆积形成的地貌，由大小形状不一的石块堆积而成。

西蒙来到放炉子的岩石边，讲他昨晚逼真的梦，逗我们开心。他坚信这些奇异的幻影源于安眠药。我决定当天晚上也试试看。

早餐由西蒙负责。我吞下最后一口咖啡，开始写日记：

> 1985 年 5 月 19 日，大本营。昨夜霜重，今晨晴空万里。我还在努力适应这里。待在这个地方，感觉格外荒僻辽远，同时又十分欢欣愉快。这里比阿尔卑斯山脉强太多了——没有大群登山者，没有直升机，没有救援队，只有我们和群山……在这里，生活似乎格外简单，也更加真实。各种事务和情绪都很容易一晃而过，根本无须驻足留意。

我很怀疑自己有多相信日记里的内容，而这些又和我们正在安第斯山脉做的事有什么关系？明天我们将开始攀登北罗萨里奥峰，以适应当地环境，十天后，如果准备得足够好，就去尝试还未有人完成首攀的修拉格兰德峰西壁。

西蒙递给我一碗粥，又给我添了一些咖啡，问："那我们明天出发？"

"最好是明天。如果先简单练习，我觉得花不了多长时间。可能刚过中午就能下山回来。"

"我就是有些担心天气，有点捉摸不透。"

自从来到这里，每天的天气都一样。清晨总是晴天，但到了中午，浓密的积云从东边涌来，紧接着一定会下雨。在高山雪坡上，便会是一场大雪，此刻很有可能发生雪崩，骤然切断原本的撤退路线。要是在阿尔卑斯山脉聚起这样的云层，我们会立刻考虑撤退。但这里的天气状况并不一样。

"你知道吗，我不觉得情况会像看上去那么糟。"西蒙想了想，分析道，"你看昨天，云层很厚，还下了雪，但气温降得不多，也没有打雷闪电，山顶也没有刮起强风。我觉得那根本不算是暴风雪。"

也许西蒙是对的，但我总有些不安，便问他："你是说我们应该冒雪上山吗？如果真这么做，万一把一场暴风雪误认为一场普通降雪该怎么办？"

"嗯，对，确实有这种风险。要看天气怎么变化。一直坐在这里，肯定什么都不会知道。"

"没错！我只是担心雪崩，仅此而已。"

西蒙笑了："是，你的担心有道理。可上次雪崩你也活下来了。我觉得这里比较像冬季的阿尔卑斯山脉，都是粉雪和雪粉❶，不会发生大规模的湿雪雪崩❷。很快就能知道了。"

我羡慕西蒙那种随遇而安的乐天态度。他有能力接受属于他的东西，也能自由自在地享受这些东西，不会瞻前顾后、杞人忧天。他很少愁容满面，总是开怀大笑。碰到坏事，就一笑而过，平静得好像厄运光顾的是别人那般。他身材高大，拥有一个人一生中所能享有的多数优越条件，几乎没什么缺点。他还是个很好相处的朋友：可靠、真诚，总是用幽默乐观的态度看待生活。他有一头

---

❶ 粉雪指轻而蓬松的新降雪，呈粉末状，在上面攀爬或行走十分不易；雪粉指由强风扬起的雪，会降低能见度。

❷ 由于下雨或气温升高，使雪层上半部分变湿变重，减弱了稳固性，由此引发雪崩。

浓密的金发,一双湛蓝的笑眼,还有些许疯狂,正是这种特质让一小部分人显得与众不同。我很高兴当初我们决定两人组队来这里攀登。我很少能和别人相处这么久。西蒙和我截然相反,他有我希望自己能拥有的一切特质。

第二天早上,我和西蒙准备出发时,理查德躺在睡袋里睡眼蒙眬地问:"你们估计什么时候回来?"

"最迟3点。我们这次不打算去太久,如果天气忽然变差,肯定会更快回来。"

"好,祝你们好运。"

清晨的霜冻让原本松软的土地变得坚硬,走起来比预想的要容易。没过多久,我们便开始一声不吭,有节奏地行进,沿着碎石坡以"之"字形路线稳步攀登。每回头看一次,帐篷都会变得更小一些。我开始享受这种练习,感觉自己比预期中状态更好、更强壮。尽管海拔很高,但我们行进的速度很快。西蒙保持着稳定的步伐,始终与我步调一致。之前我还很担心,我们俩的体力差距会不会很大。如果一名登山者需要放慢让他感到自如的步速去配合同伴,那么体力较弱的那个人很快就会感到格外费力,因为一直想努力跟上前者。我可以想象那种状况会让人多么挫败和紧张。

"感觉怎么样?"停下来休息时,我问西蒙。

"很棒,真高兴这一路上我们没有抽烟。"

我默默同意,虽然之前西蒙提议不带香烟去大本营时,我还反对了。我能感到自己的肺部在稀薄的冷空气中努力工作着。大量吸烟从没影响过我在阿尔卑斯山脉的表现，但在这次攀登中，我不得不承认，不抽烟可能更明智。我们听过太多次高原病和肺水肿的风险了，正是想着这些隐患，我才得以度过犯烟瘾最难熬的那几天。

几个小时后，我们终于走完碎石坡。接下来要向北行进，目标是高处的一个山坳，位于一片碎石嶙峋的岩石拱壁之上。营地从视野中消失了，我立刻感受到这个地方有多么孤绝寂静。人生中第一次，我知道了与人和社会隔绝意味着什么。这里有一种绝妙的平静与安宁。我体会到一种彻底的自由，只要我想，就可以采取任何方式，做任何想做的事。突然间，这一整天都变得与众不同。所有的无精打采都被一种令人振奋的独立感一扫而空。此时此刻，除了自己，我们不需要对任何人负责，不会有任何人闯入这个世界，当然，也不会有救援……

西蒙走在我前面一点，安静地攀登，稳步前行。虽然他领先我一步，节奏也比我稳，但我已经不再担心自己的速度和身体状态，因为知道现在我们配合得很好。我变得不紧不慢起来，知道我们都能轻松抵达顶峰，路上遇到漂亮的风景，也很乐意停下脚步，欣赏片刻。

岩沟土质疏松易碎。我从一块裸露的黄色岩石后面爬上来，看到西蒙坐在几百英尺外的山坳处，正在准备热饮，顿感心满意足。

"这疏松的岩沟没有我想的那么难走。"我有点上气不接下气，"来杯热茶真是太好了。"

"看到修拉格兰德峰了吗？就在那儿，萨拉波峰左边。"

"天哪，太不可思议了。"眼前的景象让我有些敬畏，"比照片上的雄伟高大多了。"

西蒙递过来一个热气腾腾的大杯子。我坐在登山包上，凝望横亘在面前的整片山脉。向左可以看到拉萨克峰的南坡。那是一个连绵的冰坡，中间岩石带横穿而过，看上去像块有条纹图案的大理石。在拉萨克积雪的顶峰右侧，我能看到北赛利亚峰略低的山顶，一道覆盖着雪檐的险峻山脊连接着它与拉萨克峰。山脊从北赛利亚峰顶开始向下倾斜，到达鞍部后弯曲上升，沿着两个山肩继续向上蔓延，最后到达耶鲁帕哈峰的锥形顶峰。那是目所能及之处的最高峰，高高耸立在修拉冰川之上，占据了我们的视野，山峰上的冰层和新雪闪闪发光。它的南坡呈现出典型的三角形山形，西山脊被雪檐覆盖，布满岩石，从北赛利亚峰下方的山坳向上拱起；东山脊弯曲向下，降入另一处山坳。东山脊下方的山壁上平行排列着蚀刻而成的流雪槽❶，在太阳投下的阴影中仿佛蕾丝缎带，令人惊叹。

我认出山脊底部是圣罗莎山坳，我们在修拉格兰德峰的照片中看到过它。这处山坳正是耶鲁帕哈峰东南山脊和修拉格兰德峰北山脊起始点的交汇处。在向上爬升前，北山脊的地形看上去相对简单，之后则变得狭窄曲折，在薄雪檐和流雪槽中穿梭，这些雪檐和流雪槽悬挂在巨大西壁的边缘，摇摇欲坠，令人心惊肉跳，一直延伸到修拉格兰德峰峰顶巨大的蘑菇状积雪处。

西壁就是我们立志要挑战的目标。一开始它看上去令人迷惑，

---

❶ 由融水在雪和冰上蚀刻形成的凹槽。

有种从未见过的感觉。大小的变化，加上之前在照片中看到的角度确实与现在不同，导致我没能认出它，直到一些明显特征渐渐显现。一大团积云开始从修拉格兰德峰北山脊的上空汹涌而来，同往常一样，它从东边亚马孙盆地巨大的雨林飘来，经过日光的加温，云层通常都饱含水分。

"我觉得你对天气的看法是对的，西蒙。"我说，"根本不是暴风雪。我敢打赌这只是雨林里产生的对流云❶。"

"是啊，就和平常一样，一到下午就得下一场。"

"你觉得我们现在所在的位置海拔有多高？"我又问。

"大概有 18 000 英尺，可能还要高一点。怎么了？"

"对我们来说，这是一个全新的海拔记录，我们几乎都没注意。"

"如果你睡觉的地方都跟勃朗峰❷的海拔差不多，那现在这个高度似乎也没什么了不起的，是吧？"西蒙调皮地咧嘴一笑。

刚喝完热茶，湿漉漉的雪花开始飘落。罗萨里奥的顶峰仍然清晰可见，不过这种状况不会持续太久。它比我们在山坳的位置大概只高不到 400 英尺。在晴朗的天气条件下，一个小时多一点就可以走到。我们都没提直接下山的事，这是种不言而喻的默契，因为我们都知道这次攀登不必抵达顶峰。

西蒙把背包甩到肩上，出发向碎石坡走去。他跑了起来，滑下刚刚一路吃力爬上来的岩沟。我们试着采用滑雪转弯的并腿动

---

❶ 当低层空气温度高于高层空气，低层的暖空气就会做上升运动，从而形成对流。在上升过程中，暖空气温度降低，水汽凝结形成对流云。

❷ 勃朗峰位于法国境内，海拔 15 774 英尺，是阿尔卑斯山脉最高峰。

作，欢呼大叫着冲下 1 500 英尺长的松动碎石坡。回到营地时，两个人都气喘吁吁、兴奋不已。

已经在准备晚餐的理查德过来递给我们两大杯热茶。他看到我们的身影出现在碎石坡高处时，就开始煮茶了。我和西蒙在熊熊燃烧的汽油炉旁坐下，你一言我一语，兴奋地给理查德讲我们做了什么，看到了什么，毫无逻辑可言。直到山谷里突然下起大雨，三个人才不得不躲进大圆帐。

6 点半左右，天渐渐黑了。如果有人此时走近我们的帐篷，只能看到一束温暖的烛光从红绿相间的帐篷布上透出来，从中传出的低声交谈，不时被阵阵粗鲁的笑声打断。那是因为理查德在讲八名新西兰橄榄球队员在中非丛林里迷路的搞笑故事。计划好之后的攀登训练，我们三个开始打牌，一直到深夜。

下一个目标是从未被攀登过的岩托里峰南脊。从帐篷出发，只需要越过河床走一小段路就可抵达峰底。攀登至顶峰的路，看上去确实能始终望见我们的营地。南脊从右至左先是一段崎岖的岩石坡，然后是一段覆盖着雪檐、形状狭长而别致的山脊，与之相接的是一片极度不稳定的冰塔林❶，其规模不断扩大，一直延伸到顶峰。我们会在上山或下撤途中在山脊高处宿营，以检验我们关于天气的推论。

第二天一早，天气寒冷，阳光明媚，但东边的天象看起来异常吓人，于是我们决定改天再去攀登岩托里峰南脊。西蒙前去附

---

❶ 指大面积的冰块或冰柱，常见于冰瀑之中、悬垂的冰川底端，以及裂隙纵横交错的冰川中，极易倾倒，对登山者而言十分危险。

近的一个冰融池里洗澡、剃须，我和理查德则出发前往棚屋，看看能否向住在那里的女孩子买些牛奶和奶酪。

见到我们孩子们似乎很开心，也很乐意把自制的奶酪卖给我们。借助理查德蹩脚的西班牙语，我们得知两个女孩名叫格洛丽亚和诺尔玛。她们把父亲的牛群赶到高山草甸上放牧时，就住在棚屋里。她们看上去无人管束，外表粗野，却极用心地照顾着更小的孩子。小孩子们似乎也已经能够很好地照料自己。我和理查德晒着太阳，在周围闲逛，看他们干活儿。3岁的艾丽莎（我给她起了个外号叫帕丁顿❶）守着牛圈的入口，防止奶牛和小牛逃走。她的兄弟姐妹则在给牛挤奶，把想吃奶的小牛拉回去，或是用纱布过滤乳清。一切都在欢声笑语中不慌不忙地完成。格洛丽亚有个弟弟叫斯宾诺莎，我们请他在接下来几天从最近的村庄帮忙带些补给，之后便啃着奶酪返回营地，一路上小心观察着云层。这些云似乎要比往常更早将水分倾泻一空。连续两周只吃意大利面和豆子，让我们的大脑充满对新鲜蔬菜、鸡蛋、面包和水果的期待，简直无法思考。

第二天一早，我和西蒙便从营地启程，前往岩托里峰。那天一开始就很不顺。事实证明，最初的岩石路段非常危险，落石不断从上方满是碎石的西壁上砸下来。我们精神紧张、惴惴不安，想快些通过，却被沉重的背包拖慢了速度。爬到底部岩石路段一半的位置时，西蒙发现他把相机落在了刚才休息的地方。他卸下

---

❶ 英国作家迈克尔·邦德系列儿童文学作品中的主人公帕丁顿熊（Paddington），后被改编成电影。

背包跑回去取相机，我则朝右继续向上攀登，去低矮的岩壁下躲避落石。

晚上6点，我们抵达山脊高处，但天气变得更差了，天空阴沉沉的，乌云快速在头顶汇聚。夜幕降临，我们在一小块顶上有遮蔽的石壁处支起露营小帐篷，不安地睡下了。夜里雪一直在下，不过令人担忧的暴风雪没有发生。我们的天气推论似乎被证实了。

第二天清晨，我们满怀希望地开始攀登白雪皑皑的南山脊，却在海拔18 000英尺处被迫放弃。及腰深的粉雪让我们举步维艰、精疲力竭。堆积着厚厚雪檐的山脊过于危险。顶峰的冰塔林下方有一段双层雪檐，一脚陷进两层之间的裂口时，我能清楚地看到下方的西壁。我和西蒙于是决定结束今天的攀登。

经过从西壁布满碎石的疏松岩壁上令人煎熬的下撤之后，我们终于返回了营地帐篷，两个人都累坏了。至少现在我们对天气有了极为关键的认识。毫无疑问，这里有时会出现危险的暴风雪，但至少不必一看到云层堆积就马上下撤。

两天后，我们再次出发。这次是去北赛利亚峰的南山脊。从大本营看去，它非常壮观。而且据我们所知，它也是座未登峰。走近一些后，我们便开始明白它尚未被攀登的原因了。还在谢菲尔德家中时，阿尔·劳斯就告诉我们，这是一条"有些难度的山脊"。近距离观察之后，我们意识到，阿尔"凡事轻描淡写"的名声绝对名副其实。当晚的宿营地又冷又局促，第二天，我们再度遭遇耗力的粉雪，一路跋涉向上，前往山脊底部一处高耸的山坳。一连串令人咂舌的雪檐几乎从山脊上垂直突起，在上方跨越2 000英尺直达顶峰。如果用冰镐❶去戳雪檐底部，摇摇欲坠的大冰块可能会整个砸到我们头上。努力冲顶，却徒劳而返，对此我们试着一笑置之，猜测理查德在知道我们第三次冲顶失败之后会作何感想。但我们状态很好，已经适应了当地环境，也已经准备好去攀登主要目标——修拉格兰德峰西壁。

接下来整整两天，我和西蒙尽情享受美食和阳光，为攀登西壁做准备。下定决心要在下一个晴朗的天气窗口攀登修拉格兰德峰后，我开始感到一阵阵恐惧。万一出了什么差错怎么办？取走我们的性命可不用费什么力气。我体会到我们选择的路是多么孤独，渺小感油然而生。西蒙听我说起这些担忧时笑了。他明白我担忧的原因，可能内心也很紧张。有一点害怕是很正常的，能感受到身体对恐惧的反应也是好事。每当体内那种空洞的无力感出现时，我便像念咒一样重复："我们能做到。我们能做到……"这并不是虚张声势。对我来说，做好心理建设，为最终行动做好准备，一直都是准备工作中最困难的一部分。有人称之为将自己的行动"合理化"，我倒觉得称之为"惊恐化"更好，也更诚实些！

终于，西蒙开口道："好了，我们先在西壁底部挖个雪洞休息，然后第二天一口气爬上去。我估计上山下山各要两天。"

"如果天气好的话……"

清晨，天气看起来不怎么样。云层遮住了顶峰，阴郁的天空之下，只能看到山的侧面。空气中有种反常的危险气息。我和西

---

❶ 冰镐又称冰斧，可辅助登山者在冰雪地行走，用于维持身体平衡以防跌倒，也可凿入冰壁，在滑落时紧急制动，或在冰地上砍出步阶。

蒙都注意到了这一点。当时我们正在装包，一旦天气有变，第二天便尽早动身。这种不妙的天气会演变成一场巨大的暴风雪吗？又或者只是一场比平日来得更早一些的亚马孙对流雨？我往登山包里多塞了一罐燃气。

"我不介意拿下下一座山。到目前为止我们的记录是爬了三座，零座登顶。"

看到西蒙懊恼的表情，我笑了。

"修拉峰不一样。它一开始就超级陡，不会积那么多粉雪的。"

"所以，你们估计要用四天。"理查德漫不经心地重复道。

"最多五天。"西蒙瞥了我一眼，又对理查德说道，"如果我们一周后还没回来，所有的装备就都归你了！"

我看得出来，理查德笑是因为我们俩笑了。我一点也不羡慕他可以在这里等待，因为他完全没办法知道山上发生了什么。五天十分漫长，尤其是在没有人可以聊天的情况下。

"三天以后，你脑子里可能会蹦出各种猜测，但尽量不要担心。我们知道自己在做什么，而且如果出了任何问题，你也无能为力。"

虽然已经尽力减轻负重，但登山包仍然异常沉重。我们选择带上的装备比以往多很多。我们放弃了过于笨重的露营帐，决定到时候找一些好的雪洞代替。可就算没有背帐篷，雪桩、冰螺栓、冰爪❶、冰镐、攀岩装备、煤气炉、燃气、食物以及睡袋的重量加

---

❶ 均为雪地攀登及冰攀装备。雪桩是一种插进雪中、以建立保护点的杆子；冰螺栓是一种冰面保护器材，其头部锋利，外壁有螺纹，可拧入冰层，为登山者提供支撑点；冰爪是一些金属鞋钉的组合，绑或套在登山鞋的鞋底，用于刺入硬雪或冰面。

起来也足够吓人。

理查德决定陪我们在冰川上多走一段。于是,第二天早上,我、西蒙和理查德一起在炎热的阳光下稳步行进,一小时后,抵达冰川起点。冰川左岸被寒冰蚀刻的岩壁和较低处的冰碛间有一条陡峭的冲沟。我们沿着这条冲沟向上攀登,淤泥和碎石逐渐变成杂乱的巨岩和碎石坡。绕过或翻越这些障碍非常费劲,因为一些巨石比一个成人高好几倍,背着巨大的登山包翻过去就更难了。在高海拔地区待了两周后,理查德适应得不错,已经能够跟上我和西蒙。但从我们暂时休整的地方可以看到,前方有一连串耸立的冰柱和泥泞的冰川冰。他只穿了轻便步行鞋,很难翻越这些障碍。想要通过这里,抵达冰川,还必须翻过一段不高但很陡的冰崖,有 80 到 100 英尺高。攀登路线上方巨大的岩石看上去也不太稳。

"我觉得你不应该再往前走了。"西蒙对理查德说,"我们可以把你弄上来,但没法送回去。"

理查德沮丧地环顾四周,这里没什么风景,只有泥巴和高处的巨石。他一直希望能看到比这些更令人惊叹的景观。修拉峰的西壁在这里还看不到。

"出发前我给你们拍张照吧。"他宣布,"说不定可以卖掉做讣告照片,那我可就赚翻了!"

"可不是吗,真是多谢了!"西蒙咕哝道。

我和西蒙出发了,留理查德一人在巨石间。从冰崖高处看去,他孤苦伶仃,仿佛被遗弃了。他即将度过一段孤独的时光。

"保重!"他把两手圈在嘴边,对上方的我们大喊。

"放心，"西蒙喊了回去，"我们不打算冒险，会及时回来的。到时见……"

我和西蒙开始向上方的第一道冰隙前进，理查德孤独的身影很快消失在巨石背后。到达冰隙后，我们穿上冰爪，用绳索结组❶。结冰的山壁反射着刺眼的光，使得冰川的温度很高，而且这里一丝风也没有。冰川边缘开裂变形，我们回头看了看之前的路线，好把地形特征牢牢记在脑中。我们可不想在下山时忘掉路线，那时候我们的足迹肯定已经被新雪覆盖，而回程时知道该走冰隙上方还是下方是非常重要的。

夜幕降临群山，天气寒冷而晴朗，我和西蒙舒舒服服地窝进了西壁下的雪洞里。明天一大早启程时，一定冷极了。

---

❶ 攀登过程中用绳索将两个人或多人相连，以应对有人滑坠或掉入冰隙的状况。

第二章　玩命之旅

冷。安第斯山脉高海拔冰川凌晨 5 点的寒冷。我费力地拉上拉链、穿上绑腿，直到手指被冻得不听使唤，阵阵灼痛让我呻吟起来，只好把双手夹在双腿之间，前后摇晃身体。疼痛愈演愈烈，我心想还从来没有这么疼过，一波更加剧烈的灼痛再次袭来。太他妈疼了。

看我这样难受，西蒙咧嘴笑了笑。我知道，只要暖和起来，手指就不会这么痛了。这多少带来点安慰。

西蒙知道我现在状况不好，便说："我先上，如何？"我痛苦地点点头。他离开雪洞，踏上上方的雪崩锥❶，朝着耸立的冰原攀登，晨曦中，冰面泛出幽蓝的光泽。

接着，唯有前进了！我看着西蒙向山壁底部的小冰隙上方探身，把冰镐结实地打进上方的陡峭冰壁中。天气好极了。天上没

---

❶ 雪崩停止后，由雪崩携带的雪、冰、岩石等物体堆积而成的地形，多呈锥体。

有出现预示风暴的云层。如果这种状况能保持下去，我们可以在下次坏天气到来之前登顶，并且下撤到半山腰。

我跺着脚，想让高山靴里暖和起来。上方，西蒙把冰镐砸进冰面，屈腿向上一跃，然后再次打入冰镐。砸下的碎冰丁零落下，洒我一肩。我躲开碎冰雨，向南方远眺——萨拉波顶峰之上，天光微亮。

再次抬头看时，西蒙已经快爬到保护绳索的末端，在我上方150英尺处，我必须伸长脖子才能看到他。冰壁太陡了。

听到他的欢呼声后，我拔出冰镐，检查了一下脚上的冰爪，开始攀登冰壁。爬到冰隙处，才意识到它有多险峻陡峭。我感觉自己被陡峭的角度向外推着，失去了平衡，直到费力地将自己拽出冰隙边沿，爬上那座冰壁，推力才稍稍减轻。一开始，我浑身僵硬，动作也不协调，只是在徒劳地挣扎。后来，身子暖和起来，动作的节奏也随之平稳。能够抵达这里，在我心中激起一阵欢欣，促使我向远处的目标继续攀登。

西蒙用一只脚的外侧支撑着身子，整个人挂在打入冰壁的冰螺栓上，显得很放松：

"挺陡的，是吧？"

"最下面那一小段几乎是垂直的，"我答道，"不过冰况太棒了！我敢打赌这里比德华特峰❶还陡。"

我拿着西蒙递过来的冰螺栓，爬到他的上方，开始出汗了，清晨的寒意已被驱散。低头，持续注意自己的双脚，挥镐，挥镐，

---

❶ 德华特峰是法国阿尔卑斯山脉中的一座山峰，其北壁平均角度有60°，十分陡峭。

向上跳，看着脚，挥镐，挥镐……一路向上，顺利爬过 150 英尺，并不费力，也没有头疼，感觉自己在世界之巅。我打入冰螺栓，看着冰面破裂、分开、抵抗——继续打入螺栓，打牢，把钢锁扣入冰螺栓挂耳，向后靠，放松。就是这样！

我感到自己全情投入，体内涌动着热量、血液和力量。这感觉太对了。"咿——哈！"回声在冰川间不断回响。冰川上的雪洞已经倒塌，在它投下的暗影中，有我们留下的杂乱脚印，光影的交界线彼此推抵，向上拉进。那已经是下方很远的地方了。

西蒙正用力挥镐向上爬来，碎冰飞溅，落到身下。他挥动冰镐强有力地击中冰壁，踩着冰爪尖向上，低头，挥镐，向上跳，越过我，继续向上，他一句话没说，只是用力挥镐，平稳地呼吸，身影越来越小。

我们越爬越高，1 000 英尺、2 000 英尺，直到开始好奇，什么时候才能爬完这片冰原。攀登节奏因单调而被打乱。我们一直沿着选择的路线向上看、向右看，但现在近距离来看，路线变得不太一样。身旁的岩石拱壁向上延伸，变成杂乱的冲沟。岩脊上是缎带般的积雪，到处都是冰凌和冰柱，但哪一处才是我们想找的冲沟呢？

太阳已经完全升起，我们把外套和上衣装回背包。我跟着西蒙，因为又热又渴，速度慢了下来。冰壁坡度变缓，向右看，我看到西蒙已经卸下背包，正跨坐在一块大石头上，给我拍照。我一边冲他微笑，一边翻过冰壁顶部边缘，顺着坡度和缓的山壁向他走去。

"午饭。"他说着递给我一根巧克力棒和一些西梅干。炉子发出嘶嘶声，炉火被吹向一边，他用背包给它挡风。"喝的马上就好。"

我背靠山壁坐下来，心情愉悦地沐浴着阳光，同时环顾四周。刚过中午，非常暖和。碎冰从矗立在上方 2 000 英尺处的陡壁上掉落，哗啦作响。但目前，我们是安全的。我们吃午饭的岩石上方有一道细长的山脊，把冰原上方的山壁分为两半，这样碎冰便会从两侧滚落，伤不到我们。我们高坐在冰原上方，身下的冰面坡度极陡，仿佛一面垂直的墙，从我们身处的岩石处直直落下。一种令人目眩的牵引力促使我向前倾身，仿佛要把我拉向下方绵延的冰雪中去。我又往前凑了凑，胃仿佛拧在了一起，心中涌现一股强烈而尖锐的危险感，但我享受这种感觉。

脚印和雪洞消失在白色冰雪和冰川反射的耀眼光线中，已经看不到了。今晚的风会将我们留下的所有痕迹全部抹去。

巨大的黄色拱壁将山壁一分为二，它的上段挡住了我们的视线。等爬到和它平行的位置时，我们才看出它有多大——这座巨大岩壁足有 1 000 英尺高，要是在多洛米蒂山❶，它本身就足以成为一座山峰了。一整天，石块不断从上面呼啸落下，砸在冰原的右侧，然后弹跳旋转，落到下方的冰川上。幸好我们没在更靠近拱壁的地方往上爬，真是谢天谢地！从远处看，那些石块似乎很小，不会造成什么伤害，但即使是最小的石块，从上方几百英尺处自由落体，其杀伤力也绝对不逊于步枪子弹。

拱壁侧面，一道陡峭的冰沟随之向上爬升，沿着它最终可以

---

❶ 多洛米蒂山位于意大利阿尔卑斯山区，因山峰由一种叫作白云石的石灰岩构成，又称白云石山。

抵达我们在北赛利亚峰看到的那个宽阔的、高悬着的冲沟。我们必须找到这道冰沟，这是本次攀登的关键。我们必须在 6 小时内找到它、攀登上去，并且在上方的冲沟中挖出一个舒适的雪洞。高悬着的冲沟边缘，伸出一座巨大的冰崖，流淌的融水在上面冻结成 20 到 30 英尺长的冰柱，肆意悬挂在下方 200 英尺高的山壁之上。我们要去的地方就是那里，但要通过倒挂的冰柱群直接爬上那座山壁，是不可能的。

我看着专心审视那些岩石的西蒙，问道："你估计再爬多高能到那条冰沟？"

"得再爬高一些，"他指着冰崖左边一道极陡的冰瀑说，"不能从那里爬。"

"没准也能爬上去，但确实不是我们看到的路线。你说得没错，是在那处冰岩混合地形的上边。"

我们没再浪费时间。我收起炉子，拿出冰螺栓和冰镐，出发越过斜坡，然后踩着冰爪前齿攀登越来越陡的水冰 ❶。这里的冰更硬，也更易碎。从两脚之间向下看，可以看到西蒙正缩着头，躲开我用冰镐砸下去的大块落冰。被大块的冰砸中时，能听到他疼得骂出声来。

西蒙在保护点和我会合，表达了对于我造成的落冰轰炸的感受。

"好啊，现在轮到我了。"

他继续向上，沿着一条倾斜的路线向右攀爬，越过几个凸起的岩块和几处岩石裸露的薄冰覆盖区。我缩着脖子，躲过一阵激

---

❶ 由地表水或融水在低温下固结的冰。

烈的落冰，紧接着又是更多落冰。忽然我心生警觉：西蒙确实在上方，但在偏右的地方！我抬起头，想看看那些冰是从哪里来的，只见在高处通往顶峰的山脊上有很多雪檐。有些雪檐从西壁上伸出来有 40 英尺，而我们正好就在它们坠落的路线上。突然这一天看起来没那么随意轻松了。我观察着西蒙的进展，他躬身攀登，速度相当慢。一想到雪檐有可能塌下来，我就寒毛直竖，于是尽可能快地跟上西蒙。他也意识到，我们处境危险。

"天啊！得赶紧离开这里。"他说着把冰螺栓递给我。

我赶忙出发。一道冰瀑顺着陡峭的岩壁倾斜下来，形成一个 50 英尺高、大约呈 80° 的陡峭台阶。我抵达台阶底部，打入一颗冰螺栓。我要一口气攀上冰瀑，然后向右攀登。

冰层之下，水流不断。几块岩石在冰镐敲击下闪出火花。我放慢速度，小心地攀爬，谨慎地避免犯错。接近冰瀑顶端时，我握住左手的冰镐，踮起脚，将重心踩在冰爪前齿上。右手的镐挥出去一半时，一个黑色物体突然砸向我。

"落石！"我大喊，同时低头躲开。沉重的石块砰的一声打中我的肩膀，猛地击中登山包，然后掉落下去。我看到西蒙听到警告后，抬头向上看。一个约 4 平方英尺的大石块在身下直接朝他飞了过去。令我难以置信的是，西蒙仿佛过了一个世纪才有所反应，带着一种慢动作般的随意，在沉重的石块就要砸中他时，向左侧身，低下头去。更多落石砸在我身上，我闭上眼睛，用力弓起了背。重新睁眼时，西蒙已经把登山包甩在头顶，整个人藏在了下面。

"你还好吗？"

"还好！"他躲在登山包下喊道。

"我还以为你要被砸中了。"

"只有一些小石块砸中了。继续走吧，我不喜欢这里。"

我爬完冰瀑的最后几英尺，然后迅速向右移动，躲进岩石下方。西蒙赶上我后，咧嘴一笑。

他问："那堆落石是从哪里掉下来的？"

"不知道。我也是最后一刻才看到。离得太他妈近了！"

"我们继续吧。我已经能看到那道冲沟了。"

西蒙这会儿充满动力，朝拱壁一角的陡峭冰沟迅速爬去。已经4点半了，光线变暗，还有一个半小时，天就要黑了。

我爬过西蒙站的地方，又继续前进了一个绳距❶，但似乎并没有离冰沟更近。冰面反射的白光令人难以目测距离。西蒙出发，朝冰沟底部发起了最后一次短距离冲刺。

"我们应该在这里扎营，"我说，"天很快就要黑了。"

"是，但这里挖不了雪洞，也没什么岩脊。"

我知道他是对的。在这里过夜一定很不舒适。但光线太暗，已经快看不清了。

"我会试着在天黑之前爬上去。"

"太晚了……已经天黑了！"

"好吧，真希望能再爬一段绳距。"

我很不喜欢天黑后还得在陡峭冰壁上摸索、试着寻找合适保护点的感觉。

---

❶ 指在攀登绳索保护范围内可以完成的攀爬距离。

我向左横移了一小段，到达冰沟脚下。"老天！这里是悬在半空的，冰况太差了！"

西蒙没说话。

耸立在面前的冰壁高 20 英尺，冰况极差，被侵蚀得像蜂窝一般。但我能看到，在此之上，地势变得缓和，坡度不再那么可怕。我把一颗冰螺栓牢牢打进冰壁底部状况较好的水冰中，把绳索扣进冰螺栓，打开头灯，深吸一口气，开始攀爬。

一开始我很紧张，因为冰壁的角度让我不得不后仰，脚下蜂窝状的冰也一直嘎吱作响，不断碎裂断掉。但深深打入坚冰的冰镐十分牢靠，很快我便聚精会神地攀登起来。我气喘吁吁地奋力爬上冰壁，用冰爪前齿站在光滑的坚硬水冰上，此时已经看不到西蒙了，头灯射出的光微微发蓝，沿着冰面曲折向上，消失在头顶的黑暗中。

黑夜一片寂静，只有冰镐击中冰壁的声响和头灯射出的摇曳的锥形光束不时打破沉默、刺破黑暗。我完全沉浸在攀登中，仿佛西蒙也不在附近。

用力挥镐。再次挥镐——就是这样，现在该换锤头冰镐了。看看脚下。什么都看不到。用力踢入冰壁，再踢一次。向上，仔细看向阴影之中，试着辨认攀爬路线。左边蓝色玻璃般的冰壁弯成曲面，像雪橇赛道一般。右边垂下一大堆冰柱，下方的冰壁十分陡峭。冰柱后面会有另一条上去的路吗？我从冰柱后面向上爬。几根冰柱断裂，重重砸下，丁零作响，黑暗中有枝形吊灯般吱吱呀呀的声音。几声低沉的叫喊从下方隐隐传来——我没时间回答。

这条路走不通。可恶，可恶！倒攀下去，原路返回。不！得再打一颗冰螺栓。

我在安全带上摸索冰螺栓，但一颗也没摸到——算了，就这样从冰柱后面爬回去吧。

再次抵达冰沟后，我朝西蒙大喊，但听不到他的回应。一大堆雪粉从上方倾泻而下，我吓得心怦怦直跳。

身上没有冰螺栓了。我忘记从西蒙那里把它们拿过来，又在冰沟底部用掉了身上唯一的一颗。身处这堵120英尺高的陡峭冰壁上，我不知道该怎么办。倒攀回去？身下这段距离毫无保护，让我很害怕。如果找不到岩石做保护点，就必须有一颗冰螺栓做保护，这念头也令我不安。我又喊了西蒙一次，仍然没有回应。只能深呼吸几次，继续攀登！

我能看到冰沟的顶部就在上方15英尺处，最后10英尺异常陡峭，形状如同管道，原本状况很好的冰也逐渐变成软烂的粉雪。我横跨在管状通道上，两腿分开，抵住旁边柔软的积雪。如果在这里脱落，便会向下掉落240英尺，挂在唯一的冰螺栓上，这令我十分恐惧。我挥动冰镐，敲入周围的冰壁，快速吸气，惊恐地喘息，努力攀登，终于把自己拖上了冰沟上方坡度较缓的雪坡。

平复呼吸后，我爬上一面岩壁，在疏松的裂缝和石块间做好保护点。

西蒙也爬了上来，喘着粗气。"你真是一点也不着急。"他没好气地说道。

我气坏了："这段超级难爬，而且我基本是在无保护攀爬。我身上没有冰螺栓了。"

"算了。快找地方宿营吧。"

已经晚上 10 点，气温只有零下 15 度，风变大了，体感温度比实际气温低得多。15 个小时的艰苦攀登后，我们又累又烦躁，而挖雪洞需要一小时左右，我和西蒙都不太乐意。

"这里挖不了，"我不满地看了一眼斜坡，"雪不够深。"

"我可以试着挖一下上面那团雪。"

西蒙指着一处高尔夫球形状的巨大雪堆说道。那雪堆有 50 英尺宽，在头顶 30 英尺高的地方挑衅般地附在竖直岩壁上。西蒙爬上去，小心翼翼地用冰镐捅了捅雪堆。我非常感谢他的谨慎，因为保护点并不稳固，如果雪堆突然与岩壁分离，我就会被雪冲走。

"乔！"西蒙喊道，"哇！你肯定不会相信的。"我听到岩钉 ❶ 敲进岩石的声音，然后是几声欢快的叫喊，接着他叫我过去。

我心生疑惑，轻手轻脚地把头探进他刚挖的小洞里。

"我的天啊！"

"我说过你不会相信的。"西蒙已经把绳索挂在一个牢固的钉子上，这会儿正舒舒服服地靠在登山包上，像个帝王一般在他的新领地上冲我挥手。"这里还有个卫生间哦。"他欢欣雀跃，所有的疲惫和坏情绪都一扫而空。

雪堆是空心的。里面空间很大，高度几乎可以供人直立，旁

---
❶ 攀岩装备，敲入岩壁后可为攀登者提供固定支点。

边还有一个小一些的洞穴。简直是一座现成的宫殿！

不过，收拾完毕，在睡袋里安顿下来后，我脑中又止不住地涌起对宿营地点的惯常不满，试着评估这里是否安全。我有充分的理由对目前这种不稳定的状态保持警惕，西蒙也知道为什么。但没必要就此喋喋不休，况且也没有别的地方可选。

我非常清楚地记得，两年前攀登小德鲁峰西南侧的博纳蒂岩柱❶时，同样别无选择。那时我和伊恩·惠特克搭档，一起攀爬那座2 000英尺高、俯视整个沙莫尼山谷的金红色花岗岩尖峰。攀登进度很快，我因此备受鼓舞。在整个法国阿尔卑斯山脉柔和的背景下，阳光投下的阴影为这座尖峰勾勒出具有建筑美的宏伟轮廓，使这条路线成为阿尔卑斯最美丽宜人的攀登路线之一。那天的攀登很顺利，夜幕降临时，我们原地宿营，那里虽然离山顶只有几百英尺，但地势仍然十分崎岖陡峭。当晚登顶是不可能的，也没必要再去匆忙找个平整的岩脊宿营，因为天气晴朗稳定，而且第二天我们一定能登顶。那本该是又一个温暖的夜晚，而且在海拔12 000英尺的高处，天空定会繁星灿烂。

我站在一个很小的平台上，脚下是大片险峻陡峭的山壁，伊恩在我的上方。他攀爬的那处壁角非常陡，逐渐变暗的光线也令他进展极其缓慢。我在夜间寒冷的空气中等待着，瑟瑟发抖，不停交替双脚跳动，试图在狭小的空间里让血液重新循环起来。漫

---

❶ 位于法国阿尔卑斯山区勃朗峰北侧。小德鲁峰西南侧的岩柱十分难以攀登，1955年，意大利登山家瓦尔特·博纳蒂（Walter Bonatti）完成首攀，该岩柱因此被命名为博纳蒂岩柱。2005年，在多次发生山体滑坡后，博纳蒂岩柱最终倒塌。

长的一天过后，我累坏了，很想躺下来舒舒服服地休息。

终于，伊恩朝我发出一声低沉的喊叫：他找到了。此时暮色渐浓，我一边咒骂着，一边奋力爬上伊恩刚刚领攀的壁角。天黑之前，我就发现我们稍微有些偏离既定路线，直接沿着垂直岩壁上的一条陡峭裂缝爬了上来，没有向右斜攀。这使得我们身处一块凸起的巨大岩石之下，距离只有 150 英尺左右。毫无疑问，明早必须得采取麻烦的斜角下降绕开它。但目前来看，也有一些好处：至少夜间它会保护我们免受落石攻击。

我看到伊恩坐在一块 4 英尺宽的岩脊上，长度足够我们两个人头对脚躺下。在这里睡一晚完全足够。我朝伊恩爬去，在头灯的光照下发现，这个岩脊下方实际上是一个巨大的岩石基座，就坐落在我们刚刚爬过的壁角上方的垂直岩壁上。它非常结实，没理由怀疑这里不安全。

一小时后，我们把安全绳拴在了一颗旧岩钉以及一块尖头岩石之间，把自己连入保护点后，便安顿下来，准备睡觉。

接下来的几秒钟令我终生难忘。

我躺在防水睡袋里，半睡半醒，伊恩正在对他的安全绳做最后一次调整。突然，毫无征兆地，我感到自己开始急速下坠，同时听到一声震耳欲聋的轰响和碎裂声。我的头还在睡袋里，双臂从睡袋口甩了出去，在胸口挥动。我向下方 2 000 英尺的深渊跌去，除了令人恶心的恐惧之外，一无所知。在巨大的轰鸣声中，我听到一声惊恐的高声尖叫，然后感到一股弹簧般的后坐力。是安全绳拽住了我。下坠时我无意中抓住了安全绳，现在我的全部体重都挂在腋窝处。我在绳子上轻轻摇晃，一边试着回想之前是否把自己系在了安全绳上，一边握紧手臂，以防掉落。

成吨花岗岩砸落地面，雷鸣般的巨响在岩柱间回荡，随后逐渐归于死寂。

我茫然而不知所措。这种寂静预示着不祥，令人胆怯。伊恩在哪里？我想起刚才那声短促的叫喊，想到伊恩可能根本没有系上安全绳，不由被这个想法吓坏了。

"见鬼！"近旁有人用兰开斯特❶口音粗声粗气地说道。

我努力把头从压得紧紧的睡袋中伸出来。伊恩就在身旁，挂在 V 形安全绳上。他的头垂在胸前，头灯的黄色光束打在周围的岩石上。我能看到他脖子上有血。

我从睡袋里摸出头灯，然后小心翼翼地把伊恩头灯的松紧带从他染血的乱发中拿开，检查伤口。一开始他连话都说不出来，因为下坠时他的头被狠狠撞了一下。幸运的是，伤口并不大。但半睡半醒间在黑暗中坠落的剧烈震动，把我们彻底吓蒙了。过了一段时间，我们才意识到整个岩石基座已经从岩柱上脱落，径直掉下了山壁。我们渐渐意识到自己所处的位置有多危险，开始神经质地咒骂起来，发出一阵阵歇斯底里的傻笑。

面对这场难以想象的事故，我们最初的反应是大喊大叫。但随着剧烈的恐惧和不安爬上心头，我们陷入沉默。顺着头灯的光线往下看，能看到两条绳索的残骸还挂在岩脊下方，已经被割成小段，被掉落的岩石磨得支离破碎。我们转身去检查安全绳，

---

❶ 兰开斯特（Lancaster），英国西部城市。

惊恐地发现挂着绳子的旧岩钉正在松动，而那个尖头岩石也受损严重。看起来，这两个保护点都随时可能撑不住。我们知道，只要有一个保护点失效，我们就会坠入深渊，于是迅速开始搜寻身上的装备，看能怎样加固保护点。然而，包括靴子在内的所有装备都已经随着岩脊掉了下去。之前我们过于轻信岩脊的安全性，完全没想过要把装备也扣入安全绳。现在没了装备，什么都做不了。

试着向上或向下爬都是自找死路。我们没有绳索，只穿着袜子，在这种情况下，根本无法攀爬上方巨大的凸出岩石。下方则是隐藏于黑暗中的垂直岩壁，只能通过绳降越过这一障碍。最近的岩脊也在下方 200 英尺，抵达那附近之前，我们肯定早就丧命了。

我和伊恩在那条脆弱的安全绳上挂了 12 个小时，这段时间仿佛没有尽头。最终，有人听到了我们的叫喊，一架救援直升机成功把我们从山壁拉了上去。那个夜晚无比漫长，坠落随时可能发生，我们一会儿歇斯底里地大笑，一会儿又沉默不语，胃一阵阵痉挛，身子吓得发僵，但也只能静静等着那件我们不愿去想的事情发生。这段经历我永生难忘。

第二年夏天，伊恩又回到了阿尔卑斯山区，但已经彻底没了登山的欲望。他回到家，发誓再也不去阿尔卑斯山了。我比较幸运，或者说比较鲁钝，克服了心中的恐惧，不过宿营时除外。

"想吃什么？"西蒙举起两个铝箔包问我，"肉末茄子饼还是火鸡三明治？"

　　"随便吧！都很难吃！"

　　"选得好。那就火鸡三明治吧。"

　　喝了两杯百香果果汁，吃了点西梅干后，我们便躺下睡觉了。

第三章　峰顶的暴风雪

第二天早上，收拾装备比以往容易得多。这地方有个好处，我们能站着卷起泡沫地垫，装好睡袋，把攀登装备分好类。昨晚到这里时，我们只是把装备随地乱放一气便睡了。

轮到我领攀了。西蒙留在雪洞里，用一颗岩钉做保护点。我则小心翼翼地从窄小的洞口走出去，来到昨晚摸黑爬上来的冲沟中，站在倾斜的冰坡上。我对这种地面还不很熟悉。我所站的地方冰况很好，越往下冲沟越窄，在下方变成弧形的圆锥体，最后消失在我昨晚奋力爬出的管状通道顶端。从这个位置已经看不到昨天爬过的巨大冰原了。我向右望去，上方不远处的冲沟顶端耸立着垂直的冰瀑，但它较远的那侧坡度放缓，有一条可以越过冰瀑、抵达上方另一处冲沟的路。

我踩着冰爪前齿向右挪动，停下来拧入一颗冰螺栓，然后开始攀爬冰瀑侧面。这里都是冰况极好的水冰，我很享受这种热身运动，充满干劲。我回头看了一眼雪洞入口，西蒙正向外探头，在我向上攀爬的时候往前送绳。那个天然洞穴的结构看起来甚至比昨天更令人赞叹，我忍不住感慨能找到这个雪洞真是太幸运了。毕竟在冲沟顶部露宿一晚，肯定连舒适都谈不上，更遑论其他。

我沿着积雪的冲沟爬到冰瀑上方，系在身上的绳索也已经拉到头了。西蒙很快爬到我身边。

"跟我们想的一样。"我说，"下一段冲刺应该就能爬到顶上那道斜坡了。"

西蒙动身向右攀爬，爬向我们早前在北赛利亚峰上看到的关键斜坡，他的身影很快消失不见，我则站在小冲沟里休息。我感觉我们已经爬过了最主要的难点，现在只需要攀上斜坡顶端，然后走完通向顶峰的雪坡就好。

我爬上坡，来到西蒙身边，却发现麻烦还未结束。在坡顶，能看到锯齿状的冰塔林，并且没有明显的路径可以通过这片区域，这是一处十分棘手的障碍。斜坡两侧的垂直岩壁几乎无法攀爬，而冰塔林填满了两侧岩壁中间的区域，毫无空隙。

"该死！"

"是啊，这下麻烦了。我可没想到会有这些东西。"

"也许会有出口。"我说，"如果没有，我们就被困住了。"

"希望别这样！回去也要走很久。"

我看向附近的山峰，试着估测现在的海拔高度。

"我们昨晚宿营的地方有 5 800 米。那是多高？19 000 英尺……那么，就是说我们还要往上爬 1 500 英尺左右。"我说。

"我感觉应该是 2 000 英尺。"

"行，按 2 000 来算。但昨天在更难爬的情况下，我们都爬了至少 2 500 英尺，所以今天应该能登顶。"

"我可不敢肯定。这得看上面的出口有多难爬，还记得吗，最后一小段路上全是流雪槽。"

我开始爬这道倾斜角度为 55°的斜坡，进展很快。我和西蒙轮流领攀，很少聊天，集中精力加快速度。昨天每段绳距都要设置冰螺栓做保护，陡峭的冰面也减缓了前进速度。今天，虽然稀薄空气带来一些负面影响，但地形比昨天简单，几乎可以一口气连爬两段绳距——向上爬 150 英尺到领攀者的位置，然后再越过他攀登相等的距离。

我大口喘着气，挖开地面上柔软的积雪，找到下方结实的冰层后，拧入两颗冰螺栓，把两只冰镐打入站立位置的上方，再把自己身上的绳索扣入冰螺栓，然后喊西蒙上来。我们已经在斜坡上攀爬了 1 000 英尺，离冰塔林很近。我看了一眼手表：下午 1 点。我们早上睡过了头，起身很晚，但在 4 个半小时里爬完了 10 段绳距，已经补上了进度。现在我充满信心，怡然自在。我们的实力足以征服这条路线，完成它不是问题。一想到自己终于要达成这条艰难路线的首攀，内心便泛起一阵激动。

西蒙气喘吁吁地爬上来时，太阳已经悄然越过斜坡顶端的冰塔林，在下方的雪坡上撒下明晃晃的白光。西蒙咧嘴笑着，他心情很好，一望便知。此刻万事俱备，无需挣扎，没有疑惑，我们不用再做任何事，只需享受这种感觉。

"不如等翻过冰塔林再休息吧。"

"好啊。"西蒙同意我的提议，他正在研究上方的障碍，"看到那些冰柱了吗？从那边可以过去。"

我看向那片冰瀑，第一眼就感觉太难爬了。冰瀑底部明显向外伸出，光滑的蓝冰冻结成倾斜的冰墙，顶部挂下一大排冰柱。冰塔林的其余部分都是粉状雪面，只有这片区域是坚实的冰面。在这处障碍中，这片冰瀑是我能发现的唯一突破口。如果尝试从这里向上，就必须从那座冰壁开始爬大约 25 英尺，从冰柱间打开一条通路，然后继续攀爬上方坡度较缓的冰瀑。

"看起来挺难的。"

"是啊。我觉得可以先试试从岩壁向上爬。"

"那块岩壁很松。"

"我知道，但说不定可以呢。不管怎样，我要先试试。"

他把一些岩钉、弹簧钩和几个机械塞移到安全带前面的吊环 ❶ 上，然后向左慢慢移动，挪到岩壁底部。我把自己稳稳地固定在冰瀑右下方的保护点上。斜坡崎岖难行的一侧和冰瀑之间堆满了粉雪，四周是发黄易碎的岩石。

我仔细观察西蒙，心想，他一旦脱落，手点或脚点一定会突然断裂，而不是逐渐丧失承重能力。他伸长手臂，把机械塞尽量放在岩壁裂缝高处。机械塞的四个凸轮在裂缝中均匀地弹开，牢

---

❶ 弹簧钩是用于扣住固定点、保护点的一种钩环；机械塞是一种可放入岩缝、石洞、石隙中固定并成为保护点的金属器械，以收缩状态进入岩缝，弹开后即可卡住；安全带上的吊环一般用来扣入装备，如弹簧钩、冰螺栓等。

牢抵住岩石。如果西蒙掉落，一定是因为岩石断裂，而不是机械塞滑脱。

他小心翼翼地往上爬，轻踢各处脚点测试其牢固度，然后敲了敲头顶的手点，检查是否松动。犹豫了一会儿后，他贴着岩壁伸展手臂，抓住上方的岩石，缓缓把自己向上拉。我紧张起来，抓紧扣入保护器❶里的绳索，这样如果西蒙脱落，我就可以立刻拉住他。

突然，西蒙抓着的岩点从岩壁上脱落。那一瞬间他还保持着原本的姿势，双手伸展，只不过现在只抓着两块松脱的岩石。他掉落下来，背朝下落向下方的沟壑。我撑住自己，等着机械塞也被拽出岩壁，但它牢牢撑住了，我轻松地拉住了西蒙，他只坠落了很短的一段距离。

"棒极了！"看着西蒙吃惊的表情，我取笑道。

"妈的！……我看那些石块很牢啊。"

他回到我身边后，又看了看冰瀑。

"我不幻想直接翻过冰瀑了，但如果能从右侧爬上去，应该就能搞定它。"

"那边的冰看起来有点软。"

"试试看。"

他开始沿着冰瀑右侧向上攀爬，避开陡峭的岩壁，试着向右平移一小段，然后在冰柱上方重新爬回左边。不幸的是，那里的冰面开始变成蜂窝状的积雪和糖状的冰晶。他又设法爬到和冰柱

---

❶ 保护器是保护者用来制动连在领攀者身上绳索的装备。

顶部平行的位置，那里的冰况也很差，无法继续向上。他在我上方约 20 英尺高的地方，有一阵子，似乎卡在了那里，因为从上去的路线倒攀下来有可能会脱落。最后，他成功把背带套在了一根很粗的冰柱上，垂降到我身边。这根冰柱和冰瀑汇聚在一起，形成了一个圈。

"我累死了。你试试吧。"

"好吧，如果我是你，我会往右多爬一点。我得把大部分冰柱敲掉才行。"

上面的很多冰柱都像成人臂膀一样粗，几乎有 5 英尺长。有一些还要更大。我沿着冰壁向上攀爬，它似乎在把我向外推，让我失去平衡，手臂一下子就绷紧了。背后登山包的重量也将我拉离冰面。我踩着冰爪快速沿冰壁向上跳，用力把冰镐敲进上方脆弱的冰面中，拉起自己，再次上跳。为了省力，我爬得很快。接近冰柱后，我才意识到自己坚持不了太久。我太累了，没办法一手抓着冰镐让自己攀附在冰壁上，一手敲掉冰柱。我用尽全力挥动冰镐，让它深深嵌入冰壁，牢固程度足以承受我的体重，然后把背带扣入冰镐的腕带中，整个人疲惫地挂在上面。我警惕地盯着嵌入冰中的冰镐尖，确定它能撑住我的全部体重后，拔出了冰壁上那只带有锤头的冰镐，伸到上方，敲入一颗冰螺栓。

绳索扣入冰螺栓，我松了一口气。至少不会再有坠落 5 或 6 英尺的危险了。冰柱触手可及。我不假思索地挥动锤头，敲向那一排冰柱，更蠢的是，我还抬头去看敲击的效果。将近 50 公斤重的冰柱基本全都砸到了我的头上和肩膀上，然后哗啦啦掉下去，砸向西蒙。我俩都咒骂起来。我痛骂自己，痛骂嘴唇划破、牙齿碎裂的剧痛，西蒙则在骂我。

"对不起……我没多想。"

"可不是嘛。我注意到了。"

再次向上看去，我发现虽然我们被落冰砸得很痛，但锤头已经完成了任务，一条通往上方坡度较缓的冰面的清晰通路出现了。没花多长时间，我就手脚并用地登上冰壁顶部，把绳索的剩余部分固定在上方一个浅浅的宽阔冲沟中，做好保护点。

西蒙爬上来，浑身沾满冰碴儿，冰瀑上落下的粉雪给他覆上了一层白霜。他从我身边爬过，继续向前，到达一处小山脊，那里是斜坡的尽头，也是通往顶峰的雪坡的起点。等我到他身边时，他已经点燃煤气炉，清出一块地方舒服地坐了下来。

"你的嘴巴在流血。"他的语气没什么起伏。

"没事。不管怎么说，都是我的错。"

没了冰沟的庇护，我们暴露在持续不断的寒风中，明显感觉冷了很多。这是我和西蒙第一次看到顶峰，巨大的雪檐从上方800英尺处的雪坡上向外悬伸。左侧那道蜿蜒的山脊将成为下山路线，但现在还不太看得清，因为东边的天空不断有云层翻涌而来，遮住了视线。天气看上去很快就会变坏。

西蒙递给我一杯热饮，然后深深缩进外套，背对刺骨的寒风。他看向通往顶峰的雪坡，寻找最佳攀登路线。比起坡度或技术难点，我们更担心这最后一段路线上的雪况。新雪不断落在坡上，沿坡面堆积滑下，使得整个雪坡表面布满流雪槽，呈现波纹状。我们听说过不少秘鲁高山上流雪槽的故事，实在不怎么喜欢，最好不要尝试攀爬它们。欧洲的天气模式绝不会制造出这种恐怖的地形，南美洲的山脉则以这类壮观的冰雪地形闻名。这里的粉雪似乎可以无视重力，形成 70°甚至 80°的陡坡，山脊也饱受摧残，逐渐形成不稳定的巨大雪檐，一个个堆叠在一起。在其他任何地区的山上，粉雪都会被吹落，在平缓很多的斜坡上堆积起来。

上方有条岩石带横穿整个雪坡。它不算陡，但覆满不牢靠的粉雪。向上 100 英尺后，岩石带重新变回雪坡，越往上越陡。那些流雪槽就出现在岩石带上方不远处，连绵不断，直至顶峰。一旦进入两条流雪槽之间的冲沟，就必须一路前进直至登顶，因为想从一道流雪槽横穿到旁边的沟里是不可能的。因此，选择正确的路线至关重要。可以看到，其中很多冲沟到最后都是死路，因为两边的流雪槽汇合到了一起。如果仔细观察，应该可以找出几条没有被封死的通道，但只要看向整面雪坡，冲沟和顺坡而下的流雪槽构成的迷宫便会令我眼花缭乱。

"天啊！看上去毫无希望！"西蒙说，"我一条通路也找不出。"

"感觉今天没办法登顶了。"

"那些云要是下雪的话，就肯定登不了顶。几点了？"

"4 点。还有两个小时天黑。我们最好行动起来。"

我想试试穿过岩石带，结果白白浪费了宝贵的时间。它向上翘起，如同陡峭的屋檐，但和之前斜坡上的岩石不同，此处黑色的岩石质地紧密，只有几处很小的手点，大多还都藏在积雪下面。我知道这段岩石带并不难爬，但我可是站在一处完全暴露的坡面上，一旦脱落，就会坠入身下接近4 000英尺的深渊，这种毫无遮蔽的感觉令我十分不安。我和西蒙之间这段长长的绳索也完全没有设置保护点，他正站在我们刚才休息的地方，给我打保护，唯一可以用来固定的就是埋在雪中的一对冰镐。我知道，一旦我失手，那两个冰镐绝对毫无用处。

左脚滑了一下，冰爪尖从岩石上滑开了，我讨厌这种十分考验平衡技巧的攀爬，但现在必须爬下去，没有回头路。我在两个很小的岩石棱上努力维持平衡，冰爪前齿摇摇晃晃，感觉马上就要打滑。双腿开始颤抖时，我大喊着向西蒙发出警告。我能听出自己声音中的恐惧，心中暗骂怎么能让西蒙感受到我在害怕。我试着再次向上移动，但因为太紧张而没能成功。我知道只要再向上爬几步，就会抵达比较轻松的地形，便试着说服自己：如果不是因为暴露在这么可怕的半空中，我简直可以双手插在口袋里，径直走上去。但我无法摆脱这种恐惧，它攫住了我。

渐渐地，我冷静下来仔细想了想需要做的几个动作。重新尝试时，惊讶地发现这些动作似乎十分简单。在反应过来之前，我已经越过难点，迅速爬到了地形简单的位置。这里的保护点比西蒙所在的位置要好一些，提示西蒙后，他开始跟攀上来。我大口喘着气，适才突如其来的恐惧感仍未散尽，而让我恼怒的是，西蒙轻轻松松就克服了难点。我明白是自己失去了控制，让恐惧占据了主导。

"天哪！爬那段的时候我整个人都吓傻了。"我说。

"我看出来了。"

"我们应该爬哪条沟？"我看到一条不错的，但走近后反而很难看出这些冲沟是不是死路。

"不知道啊。那条最宽。我去看看。"

西蒙爬上那道沟，旋即陷入深深的粉雪中，只能挣扎前进。在他两旁，流雪槽的侧面高达 15 英尺，根本不可能换路线。雪粉如雪崩般倾泻而下，遮住了他奋力前进的身影，有时候我完全看不到他。光线正迅速变暗，倾泻而下的雪粉越来越多，我注意到开始下雪了。西蒙掘开的大量积雪落了下来，我在他正下方，无法躲开。一动不动地坐了两个小时后，寒意简直要钻入骨缝。

我打开头灯，惊讶地发现已经 8 点了。4 个小时只爬了 300 英尺，我严重怀疑我们能否爬过这些流雪槽。终于，远处飘满雪花的云层中传来一声低沉的叫喊声，让我跟上去。虽然穿着御寒夹克和防风外套，但我还是冷得不行，有失温的危险。我们不能再像这样长时间坐着不动给对方提供保护了，必须在这些可怕的雪坡上宿营。我简直不敢相信西蒙沿冲沟攀爬这段绳距所付出的努力。他挖出了一条 4 英尺深、4 英尺宽的沟渠，一路延伸向上。他费尽全力寻找更坚实的雪层，最后还是只找到一层脆弱的冰壳，勉强可以承受他的体重。大部分冰壳在他攀爬时已经碎了，所以我跟攀起来十分困难。他爬这段用了 3 个小时，到他身边时，我能看出他累坏了。我也很累，而且很冷，我们需要尽快扎营。

"简直不敢相信，这雪也太大了！"

"太他妈可怕了。我一路上都觉得自己会掉下去。"

"必须赶紧扎营。我在下面冻坏了。"

"是啊，但这里不行。这里的流雪槽太小了。"

"好吧。还是你来领攀。"

我知道这样更容易，可以避免绳索缠在一起，但很快便后悔不能继续保持运动状态。接下来的两个小时漫长且寒冷彻骨，随后，我向上爬了 100 英尺，来到西蒙身边。他在冲沟底部挖了一个很大的洞，并在里面设好了保护点。

"我找到了一些冰。"

"冰况好吗？能打冰螺栓吗？"

"嗯，反正比什么都没有强。你进来以后，我们可以把两边挖宽些。"

我挤到他旁边，感觉雪洞底部随时会顺着冲沟塌下去。我们朝着流雪槽的两侧挖，慢慢把这里扩建成一个长方形雪洞，和整个冲沟一样宽，挖出来的雪挡住了一部分洞口。

11 点，我和西蒙终于钻进睡袋，吃完冻干的晚餐，享用当天最后一杯热饮。

"还有 300 英尺。我只希望情况不要比刚爬的这段糟。"

"至少暴雪已经停了。但太他妈冷了，我觉得我的小拇指冻伤了，从指尖到手掌整个都发白了。"

在冲沟暴露于雪粉中时，气温一定已经接近零下 20 摄氏度，再加上寒风，体感温度应该已经跌至零下 40 摄氏度左右。能找到挖雪洞的地方已经很幸运了，希望明天会是阳光普照的好天气。

燃气罐底部结着厚厚一层冰。我在头盔上敲了敲罐底，敲掉了大部分冰，然后把它深深塞进睡袋里，冰冷的金属抵在了大腿上。5分钟后，我又缩进睡袋，只把鼻子露在外面，睁着一只眼睛睡意蒙眬地看着炉子。炉子呼呼作响，它离我的睡袋太近了，有些危险。蓝色的光透过雪洞的墙壁照进来。我们身处20 000英尺的高海拔地带，也许有21 000英尺，这个冷得刺骨的夜晚定会十分漫长。

水沸腾了，我坐起身，赶忙穿上御寒夹克和防风外套，戴好手套，在雪洞的墙壁上胡乱摸索，寻找装着果汁和巧克力的密封袋子。

"喝的好了。"

"老天爷！我快冻死了。"

像胎儿一样蜷缩着的西蒙支起身子，拿过热气腾腾的杯子，又钻回睡袋。我把热乎乎的杯子抱在胸前，慢慢喝着，看着第二

锅雪水化开。炉子的火焰没有那么旺了。

"还剩多少燃气？"我问。

"一罐。那罐空了吗？"

"还没有。我们还是用这罐尽量多煮些水喝，另一罐留着下山用。"

"对。果汁也没剩多少了。只剩一包。"

"这说明我们的判断是对的。还够宿营一晚。就只需要这么多。"

第二天，整理装备花了很长时间，而且非常冷，但我主要担心的不是这些。流雪槽就在面前，这次轮到我领攀。更困难的是，我必须从雪洞里出去，想办法翻过与整个冲沟一样宽的雪洞顶。我成功了，但也弄塌了雪洞的一大部分，把在洞中打保护的西蒙埋在了里面。我爬上冲沟的斜坡面，回头看了看昨晚爬过的地方，西蒙挖出的沟渠已经踪迹全无。昨晚的暴风雪中，雪粉接连不断沿着冲沟倾泻而下，把沟渠彻底填满，清理得干干净净。令我失望的是，冲沟在上方 100 英尺处闭合了。两旁的流雪槽汇合起来，形成了一条边缘锋利的粉雪带。我必须想办法翻过去，进入另一条流雪槽。

天空晴朗，没有一丝风。这次轮到西蒙坚忍地坐在那里，承受我不得不踢下去的滔滔落雪。白天的光线一方面会带来一些好处——攀登更容易，我也能看清自己是否要打滑；但从另一方面来说，充足的光线也提供了令人不安的清晰视野，让我能从两腿之间看见下方 4 500 英尺的虚空。我知道我们的保护点完全不牢靠，一旦脱落，便会引发一场灾难，这令我专注于面前的路线。冲沟尽头的坡度越来越陡，显然，很快我就得横穿到旁边的流雪槽去。

但……该走哪一边？我看不到流雪槽侧壁之外的地方，也不知道横穿之后会爬到什么地方去。低头向下看，西蒙正专心看着我。他只有头和胸部在雪洞顶外，身后巨大的落差凸显出我们所处境地的危险。我看到雪洞附近的流雪槽侧沿没有那么高，心想西蒙也许比我更能看清前方的路线。

"我该走哪边？你能看到吗？"

"别往左走。"

"为什么？"

"左边似乎会渐渐无路可走，而且看上去非常危险！"

"右边的路是什么样的？"

"看不到，不过流雪槽没那么陡。反正比左边好很多。"

我犹豫了。一旦踏进一个流雪槽，可能就没办法回头了，我可不想让自己处于更糟糕的境地。但无论我如何伸长脖子，都看不到右边的冲沟，甚至无法确定那里有没有冲沟，我又看了看上方的积雪，也看不出前方会有什么等着我。

"好吧，留意绳索。"我边喊边朝冲沟右侧开路。想到自己刚才说的话我笑了出来，因为如果保护点脱落，就算留意绳索也无济于事啊。

令我惊讶的是，用两把冰镐疯狂凿打流雪槽并没有比攀登冲沟更难。于是我来到了流雪槽另一边，气喘吁吁地置身于一条同样陡峭的冲沟中。在这里，我能看到上方位于一段绳距之外的顶峰的巨大雪檐。西蒙奋力爬了上来，看到我身后的顶峰时，不禁欢呼起来。

"搞定它！"他说。

"希望如此，但最后这一小段看起来很陡。"

"能爬上去的。"他出发攀上雪坡，翻搅起大量冰冷的积雪，全都落在我毫无遮蔽的保护点上。我拉起兜帽，戴在头盔外面，然后转身凝望下方遥远的冰川。突然间，我震惊于这个位置毫无遮蔽的暴露感。松软的雪坡十分陡峭，而我的保护点如此危险，这让我对正在做的事感到不可置信，甚至生出一种眩晕感。一声兴奋的叫喊声把我从这些思绪中扯了回来，我转头去看消失在上方冲沟顶端的绳索。

"搞定了。没有流雪槽了。上来吧。"

我疲倦地从冲沟中爬了出去，看到西蒙叉开双腿跨坐在一条流雪槽上，咧嘴大笑着。在他身后不到 50 英尺的地方，从西壁悬伸出一块摄人心魄的雪冰，顶峰的雪檐耸立其上。我迅速超过西蒙，用冰爪踩在坚实的雪面上，向左上方攀登，那边顶峰的雪檐最小。10 分钟后，我站在了划分西壁和东壁的积雪山脊下。

"拍张照吧。"

等西蒙准备好相机之后，我才把冰镐插进山脊东侧，把自己拉进了顶峰下后壁宽阔的山坳里。四天来第一次看到全新的景色，我满心赞叹。阳光洒满雪面，一直照向东边的冰川。经历过西壁上这些漫长、寒冷、不见阳光的日子后，坐在那里感受阳光的温暖，真是分外奢侈。我忘了我们是在南半球登山，一切都是倒过来的：在这里，山的南壁就像阿尔卑斯山脉上的北壁一样冰冻寒冷，而东壁则像阿尔卑斯的西壁一样。怪不得早晨总是如此阴冷，每天都得等到晚些时候才能享受几小时的阳光。

西蒙过来了，我们大笑着卸下登山包，坐在上面，随手把冰镐和手套扔在雪面上，心满意足地享受此刻的宁静，环顾四周的景色。

"把包留在这里，直接登顶吧。"西蒙的话打断了我沉醉的遐想。登顶！当然！我忘了我们才刚爬到山脊。从西壁上逃离出来好像就已经象征着结束。我抬头看向西蒙身后高耸的蛋卷筒形顶峰，它离我们只有大约 100 英尺。

"你先去。登顶时我给你拍些照片。"

西蒙抓了一些巧克力和糖，然后站起身，在松软的雪中慢慢向上跋涉。当他的身影出现在天际线，俯身将冰镐插入壮丽的顶峰雪檐时，我兴奋地连续按下快门，随后，便把登山包留在山坳里，跟了上去。我开始产生高原反应，感觉呼吸困难，双腿无比沉重。

我们按惯例拍了一些登顶照，吃了些巧克力。像往常一样，我感受到登顶后的平淡无味。现在该做什么？这是一种恶性循环。当你成功实现了一个梦想又回到起点，你的脑海中不久就会出现另一个梦想，比之前那个稍微难一点、更有野心一点——也更危险。我不喜欢那种"看它将我引向何方"的想法。就仿佛这场游戏在以某种奇怪的方式控制着我，带我走向合乎逻辑却令人恐惧的结局。这种登顶时刻,这种暴风雪后突然的寂静和安宁总会令我不安，它让我有时间思考自己正在做的事，让我感到一股烦人的疑虑——怀疑自己可能正不可逆转地失去控制。我来这里纯粹是为了快乐，还是自负在作祟？我真的想再体验更多这种感觉吗？但这种时刻也十分美好，而且我知道这些感觉终会消逝，在那之后，我便可以将它们假托为毫无理由的、病态又悲观的恐惧。

"好像暴风雪又要来了。"西蒙说。

他一直在安静地观察北山脊，也就是下山路线。聚集的云层顺着东壁席卷而上，向西侧不断翻涌，迅速遮挡着那条路线。即使现在还没有完全挡住，我也几乎看不见山脊，而我们上山走过的冰川会在一小时内被完全遮住。北山脊的起始处正是我们放登山包的地方，接着便一路上升至一座卫峰峰顶，然后回旋折返，向下蜿蜒至云层之中。透过云层的缝隙，我看到几段令人生畏的山脊，陡峭又锋利，还有一些十分危险的雪檐区域。东壁则向右下坠，侧面布满连续不断饱受磨损的流雪槽。我们将无法在安全距离内从覆盖着雪檐的山脊下横穿而过。那些流雪槽看起来也完全无法通过。

"天啊！看起来真令人毛骨悚然。"

"是啊。最好穿上冰爪。如果快速通过，可以从卫峰峰顶下横移过去，然后在下面重新回到山脊上。实际上，我觉得只剩下不到一个小时了。"

西蒙伸出手，有雪花缓缓飘落在他的手套上。

我们回到放登山包的地方，出发绕卫峰而行，由西蒙带路。我们用绳索结组前进，手中握着绳圈，以防滑坠。这是最快的路线，也是在有效能见度内通过卫峰的唯一机会。地面上的粉雪很深，阻碍着进程。如果西蒙滑坠，我希望能有足够的时间把冰镐插进雪中，虽然我很怀疑冰镐在这松软的雪中能否卡牢。

半小时后，我们来到卫峰峰顶东侧，云层已经涌到上方。10

分钟后，我们迷失在"乳白天空"❶中。没有风，只有大片厚重的雪花无声落下。这时大约是 2 点半，我们知道降雪会持续到深夜。我和西蒙默默站着，看向四周，想弄清自己在哪里。

"我觉得应该往下走。"

"我不知道……不，不应该往下。必须在山脊附近走。你没看到山脊这一侧的流雪槽吗？下去就再也上不来了。"

"我们过了那座卫峰的峰顶了吗？"

"我觉得过了，对。"

"上面什么都看不到。"

雪和云融为一体，视野内白茫茫一片。我连 5 英尺之外的天空和积雪都区分不开。

"真希望有个指南针。"

说话时，我注意到上方的云层中有一道亮光。是太阳，它正透过阴沉的云层微微闪着光，在上方 100 英尺处的山脊上投下微弱的阴影。但我还没来得及告诉西蒙，亮光就消失了。

"我刚才看到山脊了。"

"在哪里？"

"正上方。现在什么都看不见，但刚才我绝对看到了。"

"好，那我爬上去找找。你留在这里吧，如果我没有及时看到山脊边缘，说不定你能拦住我。"

他出发了，没过多久，我便只能通过手中移动的绳索来判断

---

❶ 乳白天空是一种天气现象。低温与冷空气相互作用会产生一种令人眼花缭乱的乳白色光线，它使天地浑然一片，让人难以分清远近和大小。

他的位置。雪越下越大，我的心中开始泛起阵阵忧虑。事实证明，这个山脊比我们想的难很多，而之前我们只把注意力集中在了西壁的上山路线上。我准备喊西蒙，问他能不能看到什么，但没能问出声，因为绳索突然从我的手套上快速滑出。同时，云层中爆发出一声低沉的巨响。绳索不受控制地从冰冷潮湿的手套上窜出几英尺，然后猛地拉动我的安全带，让我的胸部撞上了雪坡。巨响消失了。

我立刻明白发生了什么。西蒙一定是从覆盖着雪檐的山脊上掉了下去，但声音很大，更像是冰塔林崩塌了。我等了等，绳索仍然绷得紧紧的，承受着西蒙的全部体重。

"西蒙！"我大喊，"你还好吗？"

没有回应。我决定先等一等再往山脊那边去。如果他吊在西侧，我估计他还需要一些时间才能调整好自己，重新回到山脊上。大约 15 分钟后，我听到了西蒙的喊声，但听不清具体内容。绳子上的重量卸去了，我向他爬去，直到能听清他在说什么。

他说："我找到山脊了。"

我不由紧张地笑了起来，这个我已经想到了，他不仅找到了山脊，还与它有了预料之外的接触。到他身边后，我止住了笑容。他站在峰顶之下，抖个不停。

"我以为我要完蛋了。"他喃喃道，重重坐在了雪地上，就好像双腿再也支撑不住。"太他妈可怕了……就是那个！那玩意儿整个塌了。天啊！"

他摇了摇头，仿佛想把刚才看到的东西赶出脑海。在恐惧感渐渐减轻、身体不再大量分泌肾上腺素后，他回头看了一眼山脊边缘，开始轻声告诉我刚才发生的事：

"我完全没看到山脊，只在左边很远的地方瞥见了它的边缘。没有任何征兆，没有裂缝，一分钟前我还在爬，下一分钟我就掉下去了。一定是从边缘断掉的，离我 40 英尺远的地方，我觉得应该是在身后断掉的，或者是在脚下。不管哪边，总之一下子就把我带下去了。发生得太快了！根本没时间思考。我都不知道到底发生了什么，只知道自己在往下掉。"

"我信！"我看了看他身后山壁的落差。他低头大口喘着气，腿在颤抖，暴露出内心的恐惧。他把手撑在大腿上，想止住颤抖。

"我从那里滚了下去，一切好像都是以慢动作发生的。我忘了身上还绑着绳，巨响和下坠让我完全无法思考。我记得看见巨大的雪块和我一起下坠，它们一开始和我下落的速度一样，我心想'这下完了'。那些雪块太大了。有 10……20 平方英尺那么大。"

他现在平静了些，但我却吓得发抖，因为想到如果当时我们两个都在上面，那两个人会一起完蛋。

"然后我感觉到了腰上的绳索，但以为它会和我一起掉下去。下坠没有停止，所有雪块都砸在我身上，砸得我不停翻转。"

他又顿了顿，然后继续说道："到了下面，掉下来的雪块少了一些，它们从我身上滚下去，落到很深的地方，旋转着，破碎掉。雪块一直狠狠打在我身上，让我不停打转，所以能不断瞥见那些落下去的雪块……可能那时我已经没有再往下掉了，但重击和旋转让我感觉自己还在下落。无休无止，不停向下……那时我已经不害怕了，只感到困惑和麻木。就好像时间停止了，再也没有时间去害怕了。"

下落终于停止后，他悬在半空中，还能看到左边山脊上仍然有东西在剥落。东边的云略微遮挡了视线，巨大的雪花从云层中落到下方的山壁上，看上去就好像山脊正从他这里断开。

"一开始我完全搞不清状况，不确定自己是否安全。仔细想了想，才意识到是你拉住了我。身下的落差太可怕了，能直接看到西壁的底部，落差有 4 500 英尺，一路延伸到冰川，中间什么都没有。有那么一会儿，我很恐慌。巨大的落差突然出现，而我还挂在山脊线下方 30 英尺处，远离坡面。西壁的陡壁就在正下方，我都能看到我们爬上冰原的路线。"

"如果那座雪檐也掉了下来，我们就会消失得无影无踪。"我大胆说道，然后又问，"你是怎么回到山脊上的？"

"嗯，我试着回到山脊上，但出奇地难。雪檐塌掉后留下的断面是垂直的雪面，几乎有 30 英尺高。我不知道坍塌之后留下的雪是否可靠。终于爬上来以后，我就听到你在东壁下面喊我，但我太累了，没力气回答。我在山脊上仍然看不到这个新断面的尽头，它好像有快 200 英尺长。可笑的是，我一掉下去，能见度就变好了。再有 5 分钟，我就能发觉那处隐患了。"

我们现在面对的山脊非常危险，虽然已经坍塌过一次，但也并不安全。我们能看到雪中的次生断裂线，就在边缘后面，而在视线所及之处，有一条断裂线和峰顶平行，两者的距离只有 4 英尺。

第四章　山脊边缘

　　毫无疑问，我们应该横移到东壁较低处，因为有一连串巨大的流雪槽向下延伸，穿入云层，身下几百英尺处的深渊也被云层淹没。雪已经停了。翻越这些流雪槽，太耗时也太危险，而下撤到较低位置又会让我们迷失在云下的乳白天空中。我们别无选择。西蒙站起来，小心翼翼地沿着距离山脊边缘 5 英尺的顶峰移动，顺着伸向远处的接连不断的裂缝前进。我则沿东壁继续向下，等着我们之间松弛的绳索收紧，这样如果山脊再次断裂，至少我还能拉住他。但最终我会和他一起行动，沿着山脊一起前行。

　　我爬了上来，沿着西蒙的足迹前进，突然想到，在西蒙掉落前仅仅几分钟，我曾感到片刻的焦虑。以前我也注意过这一点，总会想这是为什么。突如其来的忧虑其实毫无依据。也许是因为我们已经在山上待了 50 多个小时，开始能嗅到潜在的威胁，所以我预感会有事发生，却又不知道究竟是什么。我不喜欢这种荒唐的理论，因为心中的焦虑开始变本加厉。我能看出西蒙也紧张起来。下山比我们预想的要难很多。

我小心前行，紧张地跟在西蒙身后 150 英尺处，一边留心裂缝，一边检查自己是否准确踏在西蒙留下的脚印上。西蒙背对着我。如果我及时看到他滑坠，可能还有机会采取措施。我可以飞身倒向山脊另一边，这样绳索在山脊上来回扯动，也许能拉住我们。但如果我滑坠，西蒙几乎不会得到预警。他可能会听到我尖叫，或是听到山脊断裂的声音，但也得先转身看我落在了哪一边，才能跳去安全的另一边。在我看来，最有可能发生的事故是整个山脊坍塌，脱落下来的大量雪块直接把我们两个都卷下山。

裂缝越来越近，通过之后，我松了一口气。山脊终于变得稍微安全了一点，但倒霉的是，从这里开始，山脊地势陡降，一路盘旋回转，不断有巨大的雪檐探出西壁。我看到在远一些的地方，难度会降低，所以当西蒙开始沿东壁向下时，我并不惊讶。他是打算下降足够的高度，以便能直接横移到易行区域，不必沿着曲折的山脊向下行进。那片相对轻松的地形位于下方几百英尺的山脊上。在跟着西蒙下去前，我目测了一下需要下降的距离。

还没往下走多久，光线就变得很差。我看了看表，惊讶地发现已经 5 点了。我们离开顶峰将近 3 个半小时，却只在山脊上前进了这么一小段。一小时内天就会黑，更棘手的是，酝酿着暴风雪的云层又开始在上方翻涌。雪花从东边吹来，直扑到脸上。气温急剧下降，风力也不断增强，只要停下脚步，就会感到彻骨的寒冷。

西蒙从两条流雪槽之间的冲沟往下爬。我慢慢跟着他，努力保持距离，只在绳索移动时行进。我下降到一片白茫茫之中，雪和云融为一体。过了一会儿，我认定所在的位置已经可以横移到更易行的地形上去了，可西蒙还在继续向下。我喊他停下，只听到一声含混的回应，于是更大声地喊了一句，手套上的绳索不再滑动。我们都听不清对方在喊什么，我向下靠近他，好听清他的话。冲沟开始变陡，脚下不停打滑，我又慌又怕，只好转身面对斜坡，但仍然很难保持平衡。

再次听到西蒙的喊声时，我离他很近，听到他在问我为什么停下。就在那时，脚下的雪嗖的一声脱落了，我瞬间掉了下去，赶忙把两个冰镐深深砸入冲沟，但没能止住下坠。我尖叫着发出警告，突然重重地撞上西蒙，这才停了下来。

"天啊！我……哦，该死！我以为我们完蛋了……太他妈蠢了！"

西蒙什么也没说。我把脸靠在冲沟中，试着冷静下来，心脏猛烈地跳动着，仿佛要从胸口蹦出来一样，双腿虚弱地颤抖着。还好我掉下来的时候离西蒙很近，不会因为距离太大而速度过快，没有把他撞倒。

"你还好吗？"西蒙问。

"还好。只是吓了一跳……就这样。"

"嗯。"

"我们下得太低了。"

"噢！我是想也许可以一路向下，一直下到东边的冰川区域。"

"你在开玩笑吧！去他的！刚才我差点把咱俩都害死，而且我们根本不知道下面是什么地形。"

"但那条山脊太难了。今天晚上肯定走不完。"

"不管怎样，今晚肯定都下不去。天哪，已经要天黑了。能从这该死的山上下去就够幸运的了，别着急往下赶了。"

"好吧……好吧，冷静点。那只是一个想法。"

"抱歉。我有点冲动。我们就不能从这里侧向横移出去，回到山脊陡降的地方吗？"

"可以……你走前面吧。"

我把摔下来后缠在一起的绳索理顺，开始向流雪槽右侧行进，一个半小时后，成功翻越了数不清的流雪槽和冲沟，西蒙在我身后一段绳距的位置。才行进了不到 200 英尺，雪变得很大，寒风刺骨，天也黑了，我们不得不打开头灯。

跌跌撞撞穿过一堵糖霜质地的雪墙、进入另一条冲沟时，我踢到了雪面下的岩石。

"西蒙！"我喊道，"在那里停一下。这边有一堵小岩壁，绕过去有点难。"

我决定在岩壁上打入一个岩钉，然后努力保持平衡，绕过这个障碍。我打好了岩钉，但没用绳索便从小岩壁上下来了，还绕过了它。西蒙也用相似的基本攀岩技术，借助重力和体重，跳下了岩壁，虽然看不到落脚点，但如他预期，一跃而下的力度让他稳稳跃入下方松软的雪中。我从他的推断中发现的唯一缺陷是，他并不知道自己着陆的地方是松软的雪面还是岩石！但那时我们都又累又冷，无心顾及这些。

越过岩壁，又穿过一片粉雪堆积的开阔斜坡——还好上面没有流雪槽，我们转身向上，朝着直觉中山脊所在的方向前进。几段绳距后，一个靠着岩壁的巨大圆锥形雪堆出现在眼前，我们决定挖一个雪洞。

西蒙的头灯一直闪个不停，可能是接触不良或电路故障。我开始挖雪，很快就碰到岩石，于是顺着与岩石平行的方向挖掘，想挖成一个狭长的洞。但半小时后，我放弃了。洞上的窟窿太多，很难挡住寒风。西蒙在酷寒中脱下手套，努力修理头灯，在黑暗中摆弄灯上的铜触点。气温已经降到零下20摄氏度左右，我在挖洞，所以身上还算暖和，但西蒙的两根手指被冻伤了。我开始挖另一个洞时，他生气了。我觉得他在乱发脾气，没有理会，当然这么想对他很不公平。下一个雪洞的位置稍微好一点，虽然也挖到了岩石，但我还是想办法挖好了能容纳两个人的洞。这时，西蒙已经修好头灯，只是手指还没暖和起来。他因为我缺乏合作精神而怒火中烧。

我去准备晚餐。剩下的食物不多了。我们吃了些巧克力和果干，喝了很多果汁。饭后，由疲惫引发的怒火被抛诸脑后，我们都恢复了理智。之前我也和西蒙一样又冷又累，只想赶紧挖一个洞，好钻进睡袋，煮些热饮喝。这又是漫长的一天——开头很顺利，我们从西壁上下来，心情愉悦，但下山的路线越来越难，令人崩溃。从雪檐上掉下来的经历让我们都倍感惊惧，随之而来的压力也令人疲倦。今天我们互相发了不少火，再发火也无济于事。

西蒙给我看他的手指。已经慢慢恢复了一些，但两只手的食指依然惨白，第一指节以上都十分僵硬，也就是说，他冻伤了。我希望明天他的手指不要再受伤。不过，我确信我们已经快要走完山脊上困难的部分，第二天下午就能回到大本营。剩下的燃气只够早上再煮两杯热饮喝，但应该也足够了。我在睡袋里躺下准备睡觉，发现自己无法摆脱横越山脊时的可怕感觉。我和西蒙被绳索连在一起、无助地从东壁上掉落的画面，当时差点成为现实。一想到这种结局，我便不寒而栗。我知道西蒙一定也有同感。一年前，他在法国阿尔卑斯地区勃朗峰山脉的克罗山口目睹过这样一场可怕的悲剧。两名日本登山者在离他很近的地方坠落，差一点就能登顶。

那时，暴风雪已经持续三天，攀登条件十分恶劣。岩石上覆盖着一层雨凇，手点上结满坚硬的薄冰，裂缝也被冰壳填满。攀登费力而缓慢，因为要先铲掉每个手点上的冰，否则轻松的区域也会极难攀爬。西蒙和搭档乔恩·西尔维斯特已经在山上宿营两晚。而在第三天下午晚些时候，又一场暴风雪就要降临——温度骤降，厚重的云层笼罩上空，将他们与外界隔绝，第一波雪粉也如雪崩般掉落。

那两名日本登山者一直紧跟在他们后方。两支队伍分开宿营，彼此之间没有交流，没有互相竞争，也没人提议两队联合攀登。面对这种困难的境况，两队都应对得很好。他们常在同样的地点滑坠，在山壁上行进时，看到了彼此奋力攀登、坠落、然后再次尝试的身影。

抵达顶峰下的陡壁时，西蒙看到下方领攀的日本登山者惊慌地挥动双臂，向后跌去。从云层的缝隙中能看到他身下 2 500 英尺的恐怖落差。让西蒙惊恐的是，他看到那位领攀者身子猛地一动，旋转着落下，没能发出任何声音就把同伴也拖入了下方的深渊。为他们做保护的岩钉松脱了，两个被绳索相连的人就这样无助地摔下了山。

西蒙奋力爬向乔恩，把发生的事告诉他，乔恩所在的位置看不到下方那个区域。风雪欲来，他们静静站在小小的岩脊上，试图消化这场发生在眼前的灾难。他们对此无能为力，摔落之后，那两个人必定无法存活，而通知救援队的最快方法就是翻过顶峰，下山前往意大利。

重新开始攀登时，他们又听到从下方很远的地方传来可怕的尖叫声，不由胆战心惊。那令人毛骨悚然的叫喊充满痛苦，极其孤独又恐惧。他们向下看，看到身下 600 英尺处，那两名登山者正从冰原的上半部分滑落，速度越来越快。两个人仍然被绳索连在一起，散落的各种装备和登山包随他们一起滚落。西蒙能做的，就是无助地盯着两个小小的人影在冰上飞速下滑。然后他们不见了，翻过冰原边沿，落入可怕的冰川深渊之中，再也看不到了。

在命运令人绝望的捉弄下，至少一名登山者在最初掉落到冰原上时并未丧命。不知怎的，可能是绳索被凸出的岩石挂住了，他们被拦了一下，但并未因此得救。无论是对两位遇难者，还是对远在上方的惊骇的目击者而言，这一转折都很残忍。缓刑非常短暂，只有 5 分钟左右。其中一人努力自救，想找到一个保护点，但他受了重伤，机会渺茫。也许他滑倒了，也许是绳索没有继续被挂住——不论发生了什么，残酷的结局都已注定。

西蒙和乔恩的信心被粉碎了，他们头脑一片空白，转身挣扎着攀上顶峰。一切都发生得太过突然。虽然没有和那两个日本人交谈过，但相互之间已经有了某种理解与尊重。如果他们都能安全下山，也许会在返回山谷的漫长路途中聊聊天，交换食物，在镇上的酒吧见面，说不定还会成为朋友。

我还记得西蒙返回时的样子，他看上去憔悴而疲倦，情绪低落地缓步走进沙莫尼郊外的营地，然后麻木地坐在那儿，反复问着：为什么同一颗岩钉撑住了他的重量，却在日本领攀者使用时脱出了。一天之后，他恢复了正常。这段经历已经被消化，储存在记忆深处，他理解并接受了它，就让它过去吧。

睡意袭来，我努力摆脱脑中的思绪——我们的结局差点就和那两个日本人一样可怕。但没有人看到我们，我心想，就好像这会有什么差别一样。

身旁炉火烧得正旺，我越过火焰从雪洞的一处窟窿向外看。耶鲁帕哈峰东壁恰好被框入我无意间在雪洞上挖出的圆形窗户中。清晨的阳光为山脊线打下阴影，山壁上流雪槽的边缘跃动着蓝色光影。四天来第一次，我高度集中的注意力放松了。昨晚令人焦虑的挣扎已被忘却，我们差点摔死的记忆也逐渐消退。我放松下来，尽情享受此时此地，庆贺自己依然活着。真想来根烟啊。

雪洞里空间狭小，但比上一个暖和得多。西蒙还在睡觉，面朝外，侧躺在旁边。他的臀部和肩膀紧挨着我，透过睡袋能感觉到他的体温。虽然我们在山上是那样一体同心，但这种亲密接触还是有点奇怪。我小心地移开了些，以免吵醒他。从圆形窗口望向东壁，笑容不自觉地在脸上绽开，我确信这会是顺利的一天。

做早餐时，燃气告罄。也就是说在抵达冰碛地下方的湖泊之前，我们都没有水喝了。我先穿好衣服，戴好装备，然后爬出雪洞，走向昨天试着挖掘的第一个洞穴。西蒙整理得很慢，他来到那个坍塌雪洞的巨大平台后，我才想起他的冻伤。他给我看他的手指，好心情随即被忧虑取代。他的一个指尖已经变黑，还有三根手指看上去发白僵硬。奇怪的是，我更担心他在这次下山后还能否继续登山，而非他的伤势。

我开始朝上方半绳距外的山脊顶部行进，那里完全沐浴在阳光之下，西蒙留在下方看护绳索。我们都很担心再次发生雪檐坍塌。抵达山脊后，我看到一段漫长而扭曲的雪檐，还要应付边缘锋利的粉雪，不由心生沮丧。前一天我还希望已经绕过了这一段，现在希望落空了。我喊了一声警告西蒙，他和我达成共识：绳子放完后就和我一起行动。

我们走得格外谨慎，但在最难的部分仍然免不了打滑和摔倒，只能勉强控制脚步。我一直走在山脊顶端附近，山脊不断回旋，然后突然向下，形成矮小陡峭的断壁。行进之中，我逐渐忘了雪檐坍塌的可能性，开始接受当下无助的处境。几乎可以确定，东壁较低位置的流雪槽会更难走。跟雪檐坍塌一样危险的，就是在流雪槽滑坠。任何一次依靠绳子才能止住的滑坠都足以致命，我们两个都不会有机会得救。但每次走到陡峭的斜坡、被迫面朝雪坡倒攀时,我总会不停打滑。粉雪太不牢靠,不论我多么用力地把冰爪踢进去,只要一把重心从双臂移到脚上,就会嗖的一声滑下去几英尺。不知怎么回事,每次令我心脏停跳的下滑似乎都会自动停止,而我停下的地方也并不比滑下来的地方更牢靠,这简直令我崩溃。

我又一次滑了下去,这次吓得叫出了声,滑下来的小陡坡底部直接连在山脊边缘,正好在山脊转弯处。我把脸转向斜坡,看到这个转弯下方凸出一块巨形的粉雪雪檐。在它下方,西壁陡降几千英尺,直至冰川。西蒙在身后一绳距处行进,我看不到他。他也得不到任何预警,无法知道我掉到了哪一边。一大团粉雪裹着我急速下坠,速度快到我只发出一声惊慌的尖叫,根本来不及发出警告。西蒙没有看到我掉下来,也什么都没听到。

接着,我突然停了下来,整个身子压进雪面,头埋了进去,四肢好似螃蟹一般摊开。我一动不敢动。能在斜坡上停下,似乎纯粹是走运。我感觉肚子和大腿下的雪正在滑走,让我陷得更深。

我抬起头,从右肩向身侧看去。我正处于山脊边缘,正好在转弯的地方。我的身体向右倾斜,看起来像是挂在西壁上,大脑不再运转,只想着"别动"。我急促地小口喘着气,不敢用力吸气,但没有再移动。再次看过去时,我发现自己其实并没有失去平衡,只是刚才那匆忙一瞥让我以为是那样。这感觉就像发现了一个光学错觉背后的把戏,突然看清了一直盯着看的东西。山脊转到了我的左侧,而我又瞥见了弧形转弯处下方凸起的雪檐,这把我弄糊涂了,误以为自己位于滚落线上。事实上,我发现自己的右腿直接穿过了雪檐，左腿虽然止住了下滑，但也把我推向另一边。这可以解释为什么我感觉自己右侧往下坠，失去了平衡。我抠挖身体左边的雪，想把重心移过去，试着让右腿回到山脊上，最后终于成功离开边缘，再次回到山脊拐弯处。

西蒙出现在我上方，低头看着脚下，缓慢地前行。我挪到一个更安全的地方，大喊着发出警告，让他从更靠左的斜坡上下来。喊他的时候，我发现自己在剧烈颤抖，双腿突然发软发颤，过了很长时间这种反应才渐渐消失。这期间，我看着西蒙面对斜坡分两步下来，不可避免地一下子滑落。他转过身、踩着我的脚印过来时，我能看到他脸上紧张的神情。这一天既不愉快，也不有趣。他来到我面前，恐惧传播开来。我们声音颤抖，喋喋不休地向对方诉说自己的惊慌。重复的话语夹杂着飞快的咒骂脱口而出，随后我们两个才慢慢平静下来。

第五章　灾难降临

我们离开雪洞时是 7 点半。两个半小时过去了，进展仍然极为缓慢。自从昨天下午离开顶峰，我们仅仅下行不到 1 000 英尺，而原本预估能在 6 个小时内一路下到冰川。我有些失去耐性，始终保持全神贯注简直令人厌倦。大山不再令人兴奋，不再让我感到新奇，我只想尽快摆脱它。空气寒冷刺骨，天空万里无云，阳光晒在无尽的雪地和冰面上，反射出令人目眩的光芒。只要能在下午的暴风雪前回到冰川，天气好坏都无所谓。

终于，山脊上段曲折回旋的混乱地形变得缓和，我可以站直身子走过宽阔平坦的山脊。这段路多是鲸背般的山丘，绵延起伏，直到北边尽头才陡然向下。我坐在登山包上休息，西蒙赶了上来，我们没有说话。早上说得太多，现在已经没什么可说的了。抬头看去，我们的脚印连成一条歪歪扭扭的线，从上往下延伸过来。我默默发誓，以后一定要更谨慎地核查下山路线。

我背起登山包，再次出发，这次不再为走在前面而惴惴不安。最后一段路我本想让西蒙领头，但不知道该如何表达自己的忧虑，比起又一次令人恐惧的坠落，我更怕说出口后要面对西蒙的反应。宽阔平坦的山鞍上积雪很深，现在每前进一步，席卷而来的不是焦虑，而是在粉雪中挣扎前行的挫败感。

　　绳索绷紧了，西蒙起身跟上来，就在这时，我踩进了第一道冰隙。

　　突然间，我陷了下去，虽然整个人站得笔直，视线却和雪面齐平。浅浅的裂缝里满是粉雪，无论怎么扭动身子，似乎都没办法向上挪动一点。终于，我设法把自己拉回到了平地上。西蒙站在安全距离之外，笑嘻嘻地看我挣扎着爬上来。我沿着山脊继续前进，再次陷入齐颈深的雪中，只能一边叫嚷咒骂，一边爬回山脊。在山脊上方的高地才走了一半，我又掉进小冰隙四次，不管如何仔细辨认，都看不到任何冰隙的明显痕迹。西蒙在身后一段绳距的位置。沮丧和积聚的疲惫令我怒火中烧，如果西蒙离得够近，我一定会朝他发火。

　　我挖好一个洞，蹲在旁边，努力调整呼吸，同时向身后瞥了一眼，越过山脊清楚地看到下方吞噬一切的深渊，不由内心震动。西壁赫然耸立在洞的下方，泛着蓝白色的光，那光穿过洞照了上来。我灵光一闪，一下子明白自己为什么会摔进冰隙这么多次。那些其实全是同一条冰隙。巨大的雪檐接连拱起，构成这片高地，而这条长长的断裂线横贯整片区域。我迅速移到旁边，大喊着警告西蒙。绵延的山脊宽阔平坦，我完全没想到我们其实站在一个悬垂的雪檐上。这雪檐像峰顶雪檐一样大，延伸了好几百英尺。如果它塌掉，我们一定会被卷走。

在那之后，我尽量远离边缘，保持 50 英尺的安全距离。西蒙之前在距离边缘 40 英尺时，因为一处较小的雪檐崩塌掉了下去。既然东侧的流雪槽已经变成均匀光滑的斜坡，就没必要冒这个险了。我在深雪中跋涉，向高地尽头行进，双腿仿佛灌了铅一般。在爬上山脊的最后一个坡时，我回头望去，看到西蒙正拖着双腿向前走，和我之前一样低着头，疲惫不堪。他离我 150 英尺远，恰好是一段完整的绳距。我知道一旦我开始沿着前方较长的缓坡向下，就看不到他了。

我本来希望斜坡一路向下通到山坳，却失望地发现它略有上升，通往雪檐的一个小隆起，然后才又骤然下降。即便如此，我能看到耶鲁帕哈峰南脊的很大一部分，足以确定那次骤然下降之后就能抵达山坳。到了那里，我们就抵达了连接耶鲁帕哈峰和修拉格兰德峰的山脊最低点。到达那处山坳还需半个小时，从那里开始，去往冰川的路就会简单很多。我又振作起来。

我开始沿斜坡向下，立刻感到坡度变缓。在这里前进要比在山鞍的深雪中跋涉容易太多，如果不是腰部的绳索紧紧拉着，我一定会欢快地从斜坡上飞奔而下。我已经忘记西蒙还在山鞍循着我的脚印疲惫前行了。

原本我以为能毫无阻碍地走到雪檐的那处小隆起，但出乎意料的是，斜坡突然中断，变成一面垂直的冰崖，将山脊分成两半，切断了去路。我小心地走到冰崖边缘仔细察看，冰崖此处的落差有 25 英尺。它底部的斜坡向右延伸，坡面光滑、角度陡峭。之后就是山脊的最后一段隆起，与我相距大约 200 英尺。冰崖在离开山脊的位置骤然升高，我所在的位置大约位于这个嵌入山脊的楔形冰崖边缘线的中间，狭窄的边缘紧挨着山脊线。我小心地平移离开山脊，偶尔从冰崖上向下看，观察有没有容易攀爬的部分。冰崖末端高达 35 英尺。我已经不指望从上面绳降下去，因为悬崖顶部的雪太松软，没法埋住雪桩。

现在有两个选择，要么待在山脊上，要么继续远离它，也许可以侧向移动一大截向下绕过陡峭的部分。我站在冰崖末端观察，发现那样做会很累，也有些冒险。我们得以一个巨大的弧线绕路下去，再回到山脊上来，才能绕过冰崖。底部斜坡的顶部看上去非常陡峭，很不稳定。我已经在山脊附近打滑了许多次，而从斜坡下方到东部冰川地区中间有几千英尺的虚空，这更让我下定决心不能走这条路线。如果我们中有任何一个人掉下去，我们两个都会从毫无拦挡的斜坡上一路滚到底，完全不会停下来。而在山脊上，我们至少可以骗自己——如果运气好，一个人摔落时，另一个人还能跳到山脊另一边。

我折返回去，打算在最好攀爬的地方爬下冰崖。从山脊顶端下去是不可能的，因为那里有一堵接近垂直的粉雪墙。山脊边缘几码 ❶ 之内的冰看起来都很坚硬，我需要在冰崖上找到突破口，比如一段斜坡，或是顺崖而下的一条裂缝，好让我在冰上获得支点。我找到了——冰壁角有一个细小的裂口。这部分冰崖很陡峭，接

---

❶ 1 码等于 0.9144 米。

近垂直，但也没那么吓人。裂口在冰崖约 20 英尺高的地方，我确信只要几个快速的倒攀动作，就能抵达那里。

我跪在地上，转身背对冰崖边缘，把冰镐深深砸进冰中，慢慢把腿伸下冰崖，直到边缘抵住肚子，再把冰爪踢进身下的冰壁。冰爪结实地卡入冰中，我拔出一支冰镐，在距离边缘很近的地方重新挥镐，它很快就牢牢嵌进冰面。我又拔出带有锤头的冰镐，把还在边缘之上的胸部和肩膀移到下方，视线与冰壁齐平时，便开始把锤头冰镐敲入冰壁。我整个人挂在冰镐上，伸出左手把锤头冰镐用力打进冰面。几次之后，我成功了，但对效果不太满意，又拔出来重新敲打。我希望锤头冰镐能完美地嵌入冰面，这样就能拔出冰崖边缘的冰镐，然后放低重心，把自己挂在锤头冰镐上。但拔出锤头冰镐时，一声尖锐的碎裂声响起，我抓着冰镐的右手被径直拉了下来。猝然间的拉动使我脱离冰面，即刻摔落。

还没反应过来，我就撞到了冰崖底部，脸朝下摔在斜坡上，撞上地面时双膝着地，动弹不得。膝盖受到剧烈冲击碎了似的，骨头感觉也裂开了，我不由尖叫起来。碰撞的冲击力把我整个人向后推了出去，我滚下东壁的斜坡，头朝下，背着地，不住地下滑，速度之快让我不知所措。我想起下方的深渊，但什么都没感觉到。西蒙会被我从山上扯下来的，他根本拉不住。猛地停下时，我禁不住再次叫出声来。

一切都静止了，寂静无声。我思绪狂乱，紧接着，大腿上涌起剧痛，一阵猛烈的灼烧感沿着大腿内侧蔓延开来，似乎要在腹股沟汇聚起来。灼烧感愈发强烈，我急促地喘着气，忍不住要喊出声。我的腿！天啊。我的腿！

我头朝下倒挂着，面朝上，左腿被上方的绳子缠住，右腿无力地垂在一边。我从雪地上抬起头，从胸口看上去，茫然地盯着扭曲成奇怪形状的右膝，右腿也被扭成了奇怪的"之"字形。我没有把它和腹股沟灼烧的剧痛联系起来，两者没什么关系。我踢开缠在左腿上的绳索，身子转了一圈，变成面朝雪面、脚朝下，疼痛减轻了。我把左腿蹬向坡面，站了起来。

一阵恶心涌了上来。我急忙把脸压进雪里，刺骨的寒冷似乎起到了镇静作用。某种可怕而又恐怖的阴暗念头出现在脑海中，细想时，它化作一阵恐慌："我摔断了腿，没错。我完了。所有人都说……如果只有两个人，摔断脚踝就等于被判了死刑……如果真的摔断了……如果……我的腿没有那么痛，也许只是哪里撕裂了。"

我确信右腿没有摔断，用它踢向斜坡。可膝盖疼得像要爆炸，骨头发出嘎吱嘎吱的摩擦声，腹股沟的灼痛如同火球一般冲向膝盖。我尖叫起来，低头看向膝盖，能看出它确实摔坏了，只是我还不想相信自己看到的一切。它不仅摔坏了，而且破裂、扭曲、粉碎。看到关节处的痉挛，我就明白发生了什么。冲击力把我的小腿怼入了膝关节。

奇怪的是，盯着它看似乎有助于缓解疼痛。我仿佛从中超脱，像在对别人进行临床观察。我小心翼翼地移动膝盖，检查状况，又试着弯曲膝盖，突然袭来的剧痛疼得我倒抽了一口气，只好立刻停下。膝盖移动时，有一种会嘎吱作响的摩擦感，骨头移位了，连带着旁边很多东西也移位了。至少不是开放性骨折，试着移动后，我明确了这一点。没有湿漉漉的感觉，也没有流血。我俯身用右手抚摸膝盖，试着忽略火烧火燎的刺痛，这样就能用力触碰它，确定自己没有出血。膝盖仍然结实完整，但肿大而扭曲，仿佛不是我的一般。疼痛持续涌向膝盖周围，逐渐盖过了灼烧感，就好像这样能治好它似的。

我呻吟一声，紧紧闭上双眼。热泪涌入眼眶，隐形眼镜在泪水中滑动。我又挤了挤眼睛，热烫的泪滴滚下脸颊。我不是因为疼痛落泪，而是为自己感到遗憾——这太幼稚了，但只要开始遗憾，眼泪就止不住地滚落。死亡曾经那样遥远，现在一切都被它的阴影笼罩。我摇头止住眼泪，可泪痕还在脸上。

我把冰镐插进雪里，把没受伤的腿深深跺进斜坡的软雪中，确定自己不会打滑。这番尝试让我又恶心起来，感觉晕头转向，几乎快要昏倒。挪动了一下后，一阵灼热的疼痛驱走了头昏。北赛利亚峰的峰顶就在西侧上方不远处，这景象让我更加明白，情况已经变得多么绝望。我和西蒙还在山脊上，海拔超过 19 000 英尺，只有我们两个人。我看向南边那个曾经希望快速爬上去的小坡，现在它仿佛每一秒都在变大，我永远翻不过去了。西蒙没办法带我过去，他会离开我，他别无选择。我屏住呼吸，思考着。独自一人留在这里？这念头让我遍体生寒。我想起一位名叫罗布的登山者，他就被留下来等死……但当时他已经昏迷，奄奄一息，而我只是摔断一条腿，没有致命伤。好长一段时间，一想到会被抛下，我就难以承受。我想尖叫，想骂人，却始终默不作声。

一旦开口说话，我就会感到恐慌，我知道自己正处在崩溃的边缘。

系在安全带上的绳索由紧变松。西蒙过来了！他一定知道有事情发生，但我该怎么跟他说？如果告诉他我的腿只是受伤，并没有摔断，他会帮我吗？我在脑中迅速想象了一下告诉他的情景，再次把脸压进冰冷的雪里，试图冷静地思考。必须冷静下来。如果看到我惊慌失措、歇斯底里，他可能立刻就会放弃我。我克服着恐惧，心想：理智一点。渐渐地，我感到自己冷静下来，呼吸也变得稳定，连疼痛似乎都变得可以忍受。

"发生什么了？你还好吗？"

我没有听到他走过来的声音，惊讶地抬起头。他站在冰崖顶，低头看着我，一脸疑惑。我努力正常地讲话，仿佛什么都没发生：

"我掉下来了。冰崖边断了。"我停顿了一下，然后尽量不带情绪地说，"我的腿摔断了。"

他的表情立刻变了，能看出他脸上有一系列反应，我始终直视着他，不想错过任何一个表情。

"你确定断了？"

"对。"

他盯着我，然后飞快地转过脸去，仿佛觉得自己看得太用力，也太久。不过转得还是不够快，我看到了他脸上转瞬即逝的表情，就在那一刻，知道了他的想法。他的态度出奇地超然，让我不安，好像突然间我和他就成了截然不同的人，非常疏远。他的眼中流露出种种思绪——有怜悯，还有别的，像是要和受了伤并且已经没救的动物保持距离。他试图隐藏这种情绪，但我已经看穿了。

我看向别处，心中满是恐惧和忧虑。

"我绳降下来，到你那儿去。"

他背对我，弯腰用雪桩在松软的雪地里凿了下去。他听上去很平静，让我觉得自己是不是太多疑。我等着他再说些什么，但他什么也没说。好想知道他在想什么。这段绳降距离不长，却很危险，做保护点的雪桩很不牢靠，他很快下到了我旁边。

他在我身边站着，一言不发，我看见他瞥了我的腿一眼，但没说什么。随后他在包里翻了一会儿，找出一盒扑热息痛，递给我两片。我吞下药片，看他试着把用来绳降的绳索拉下来。绳子没有动，卡进了他在上方的雪桩周围堆的雪墩❶里。他骂了一声，起身往冰壁最矮的地方走去，就在山脊顶部。我知道那边都是不稳定的粉雪，他也知道，但别无选择。我确信这会让他滚下西壁，并且丧命，于是看向一旁，不愿看他掉下来。这也会间接害死我，只不过比他死得稍慢一点罢了。

西蒙没说他要做什么，我也不敢催促他。一瞬间，我和他之间出现了一个无法跨越的鸿沟，我们不再是一个合作的团队了。

乔的身影消失在山脊的一个小隆起后面，他的速度开始变快，我走不了那么快。我为我们终于越过陡峭地段而高兴，感觉就要走完那段山脊了。我一直在西壁边缘行进，一路都在摔

---

❶ 一种在雪面设置保护点的方式。建构雪墩时，需要先在雪中挖出一个马蹄形沟渠，在沟渠处套上绳索或伞带后，形成一个稳固、牢靠的雪地保护点，还可以将冰斧等垂直插在沟渠的肩部，防止绳索或伞带切入中间的雪堆。

倒,感觉很疲惫,因而很庆幸能跟着乔的脚印走,不用领头开路。

看到乔停下脚步,我休息了片刻。显然他发现了什么障碍,我准备等他动起来后再行进。绳索又开始移动,我跟在后面缓慢跋涉。

突然,斜坡上紧绷的绳索猛地向前拽去,把我往前拉了几英尺。我用力把冰镐插进雪里,撑住自己,好应付下一次拉拽,但什么都没发生。我知道是乔掉下去了,但看不到他,便待在原地。等了大约10分钟,绷紧的绳索松弛下来,落在雪地上,确信乔的体重没再挂在我身上后,我开始小心翼翼地沿着他的脚印行进,因为觉得可能还会发生些什么,所以始终保持紧张状态,准备一出现麻烦,就立刻把冰镐插进雪里。

登上那处隆起后,我沿着一条斜坡看下去,看到绳索消失在一处冰崖边缘。我慢慢走过去,想知道发生了什么,走到冰崖顶部,就看到乔在下面。他靠在坡上,一只脚插在雪里,脸也埋在雪里。我问他发生了什么,他惊讶地看向我。我知道他受伤了,但一开始并不明白这意味着什么。

他非常平静地告诉我,他的腿摔断了。他看上去很可怜。我一时间没什么情绪,只是心想:你完蛋了,伙计。你死定了……没有别的可能!我想他对此也心知肚明。我能从他脸上的表情看出来。这么想完全合理。我知道我们身在何处,在迅速考虑了周围的一切后,我知道,他死定了。我没有想过自己可能也会死,因为毫无疑问我一个人也可以成功下山,对此我毫不怀疑。

我能看出乔之前试图倒攀，意识到除非绳降下去，不然只能和他采用一样的方法。冰崖顶部的雪是糖霜质地的，十分可怕。我尽可能把表面的雪挖走，然后把雪桩埋在挖出来的软雪中。在确定它撑不住我的体重后，又在雪桩旁挖出一个很宽大的雪墩。做完这些，我退到悬崖边缘，拉了拉绳索，感觉很牢固，但也不是百分之百地放心。我还想试试在山脊顶部冰崖最矮的地方倒攀下去，但觉得那样更危险，于是半是绳降、半是倒攀地下到冰崖底部，尽量不让绳索承担我的体重。绳索切进了雪墩中间，但依然牢靠。

　　到达冰崖底部后，我看到乔一条腿的状况非常不好，他很痛苦，看上去还算冷静，可眼睛里却有种惴惴不安的神色。他和我一样，对此刻的状况心知肚明。我给了他一些止痛药，虽然知道药效一般，帮助不大。隔着厚厚的防寒纤维裤都能看出他的腿在膝关节处扭曲变形，说明伤势一定很重。

　　我不知道该说些什么。命运的变化突如其来。我发现绳子卡住了，必须重新上去，才能把绳子弄出来。这在某种程度上转移了我的注意力，让我有时间适应新情况。我不得不在无保护的状况下独自攀上冰崖，唯一可行的路就在山脊顶。我很怕尝试这条路线。乔在旁边试着移动，差点掉下去。我抓住他，帮他恢复平衡。乔没说话。他已经解开绳索，所以我之前才能绳降。我想他没说话是因为知道要不是我抓住他，他已经摔下东壁了。我留他在原地，暂时把他的事放在一边。

　　爬上冰崖边缘是我做过最困难也最危险的事。有几次我的腿踢穿崖上的粉雪，踩了个空。爬到一半，我才意识到自己没办法返回，但又觉得爬不上去。我感觉自己攀爬的地方完全不牢靠，摸到的所有东西都会碎掉。每向上一步，不是向下滑落，就是有东西从西壁塌下来或者破碎。令人难以置信的是，我仍然在慢慢往上爬。不知道过了多久，感觉像几个小时，才终于把自己拉上了斜坡，当时我浑身发抖，体力耗尽，不得不停下来休息一会儿，让自己平静下来。

我回头看，惊讶地发现乔开始横移远离冰崖，努力绕着前方的小隆起行进。他移动得非常缓慢，先把冰镐深深插进雪里，直到胳膊也没入雪中，然后单脚向侧面跳一小步，看上去让人心惊。他拖着断腿穿过斜坡，低着头，完全沉浸在自己的奋战之中，身下是数千英尺毫无遮拦的斜坡，一路延伸到东边的冰川区域。我看着他行动，无动于衷，也无能为力，突然想到，他可能会摔死。这个想法没有扰乱我的心绪。在某种程度上，我希望他摔下去。我知道我不能在他奋战时离开他，但完全不知道该怎么帮他。我可以自己下山。如果试着带他下山，也许会跟他一起死掉。这念头没有吓倒我，因为那只是浪费精力，毫无意义。我一直盯着乔，想着他也许会掉下去……

等了很长时间，我转过身，走到雪桩旁，把它重新放好，然后又退到冰崖边缘。我祈祷雪桩能撑住我，在斜坡上开始下降时，又祈祷绳索不会卡住，我可不想再爬一遍。绳索轻松地滑了下来，我拿着绳子转过身，心想乔会不会已经消失了。

然而他仍然在向远处攀爬，我上去又下来的这段时间，他只走了100英尺。我动身跟上他。

西蒙

西蒙突然出现在我身旁。刚才我很确定他会掉下来，不敢看他爬上山脊顶。我想，与其看他爬，不如试着自己动起来。我知道自己肯定没办法翻过前面的小隆起，所以开始绕着它走，也不去想后果。在此之前，我只是看到西蒙在粉雪壁上奋力挣扎。缓慢的进展令我疲惫，但我专注于小心前行，忽略了很多疼痛。疼痛只是难点之一，还有很多其他问题要面对，比如平衡问题、雪况，以及我只能单腿行进的事实。

一开始，我摇摇晃晃地单腿跳着前进，后来渐渐发展出一种固定的行进模式，便开始仔细重复，每重复一次都能沿斜坡向前一小步。我开始感觉自己脱离了周围的一切，什么也不想，只是重复。只有一次，我停下来回头看了看西蒙。他看上去就要掉落，我迅速移开目光。东壁在脚下无尽地延伸，我忍不住去想，也许摔落后也能幸存，但知道，尽管一路下去雪坡的角度都很平缓，滚落的速度仍然会让我在摔至底部前就粉身碎骨。总之，我想了想掉下去这件事，但它对我来说并不怎么可怕，我对此毫不畏惧。它看起来只是一个显而易见又不可避免的事实。不过，只是想想而已，我知道我已经完了。长远来看，结局并无差别。

西蒙超过我，继续向前，在斜坡上踩出一道浅沟，直到在转弯处消失不见。他说要去看看转弯后是什么。我们都没有跟对方商量接下来要做什么。我不觉得有什么要做的，所以又开始重复行进模式。西蒙踩出来的浅沟让我前进起来更容易，但仍然需要全神贯注。我突然想到，我和他都在回避问题。两个多小时了，我们都表现出好像什么都没有发生的样子，默默达成共识：问题需要时间来解决。我们都知道真相，它很简单——我受伤了，不可能活下来，西蒙可以一个人下山。等待西蒙行动的过程中，我感觉像是握着某种非常脆弱却珍贵的东西。如果请求西蒙帮我，可能就会失去这件珍贵的东西，他可能会离我而去。我保持沉默，但这次不是因为害怕失控。我生出一种漠然的理性。

行进模式慢慢变成一种机械的重复。听到西蒙问我是否还好，我有些惊讶。我已经忘了他的存在，不知道自己重复了多久这种模式，几乎忘了自己为什么这么做。我抬头看到西蒙坐在雪地上看着我，便朝他微笑，他也撇着嘴笑了笑，但这没能掩饰他的不安。他坐在那里，俯瞰从我们绕过的小隆起侧面向下延伸的斜坡。在他身后，山脊顶清晰可见。

"我能看到山坳了。"他说。我感到希望像一阵寒风般穿透全身。

"能看清楚吗？我的意思是，是那种一路通到底的斜坡吗？"我试着控制自己的声音，以免听上去太过兴奋。

"差不多是……"

我加快了按模式行进的步伐，同时让自己尽量不要太着急。突然，我开始害怕下方的落差，感到自己在颤抖，意识到如果出发时就有这种感觉，绝对走不到现在这一步。我走到西蒙身边，瘫倒在雪地上。

西蒙把手放在我的肩上："你还好吗？"

"好些了。还疼，但……"我觉得告诉他这些毫无用处，而且自尊心也有些受到折辱。他的关心让我害怕，我不确定那背后有什么含义，也许他是想委婉地把坏消息告诉我。"我受够了，西蒙……我这种速度下不去的。"

如果我期望得到一个答复，那我并没有如愿。说出这些话感觉有些太夸张，而他选择无视我话中隐含的问题。他开始从安全带上解开绳索。

我低头看向那处位于我们下方约600英尺、略微偏右的山坳，不假思索地开始寻找可能抵达的方法。直接下到山坳很难，因为需要跨越陡峭的斜坡，走对角线下去。最好是沿直线向下，然后水平横移，抵达山坳。横移的距离看上去比我刚才走过的斜坡要短。

"你觉得你能在这种雪地上拉住我吗？"我问西蒙。

我们已经没有雪桩了。如果西蒙用绳索拉住我，他就必须站在松软的雪坡上，四周毫无阻拦，没有保护点。

"挖一个大凹座，我坐进去，应该就能拉住你。如果凹座塌掉，我也可以喊你，这样你就能把重心从绳索上移开。"

"好。你把两根绳索连在一起放我下去，可能会更快。"

西蒙点头同意。他开始挖掘用作保护的凹座。我抓起两条绳索，把它们绑在一起，空出的一端系在我的安全带上，另一端已经连在了西蒙的安全带上。这样，我们便被一根300英尺长的绳索系在一起，由此可以节省一半挖掘保护凹座的时间，而下降的距离也会增倍。西蒙可以用保护器控制下放的速度，减轻我身体突然下坠产生的拉力。如果他用结冰的手套握不住绳索，这么做也能避免绳索从他手中脱开。问题在于连接两根绳索的绳结。这个结通过保护器的唯一方法就是先把绳子从保护器中卸下来，然后在绳结的另一端重新连入保护器。这就要求我必须站起来，不让绳索承担我的体重。我暗自庆幸自己没有把两条腿都摔断。

"行了。你准备好了吗？"

西蒙坐进他在雪坡上挖出的深深凹座，双腿用力撑在雪中，双手用保护器将我们两个之间的绳索收紧。

"好了。稳稳地来。如果打滑了，就喊我。"

"别担心，我会的。如果绳结上来时你听不到我说话，我就拉三下绳子。"

"好。"

我立刻趴在西蒙下方，缓缓向下挪动，直到绳索开始承担我的全部重量。一开始我不敢从雪面上抬起脚。如果凹座塌掉，我们都会马上掉下去。西蒙冲我点点头，笑了。他的信心鼓励了我，我抬起双脚，开始向下滑。成功了！

他均匀地放绳，使我的下降速度保持平稳。我靠着雪面，两只手各握一把冰镐，准备只要感到自己开始掉落，就把冰镐打进雪里。右靴的冰爪偶尔会被雪绊住，震痛我的伤腿。我不想让西蒙停下来，便努力克制不让自己叫出声来，但没做到。

奇怪的是，没过多久，西蒙就停住了。我抬起头，看到他已经离我很远，只能分辨出他从雪面凹座上探出来的头和肩膀。他喊了句什么，我听不清，直到绳子被猛地扯了三下，我才明白。

之前横穿小坡用了那么长时间，而现在下降 150 英尺如此迅速，我不由震惊，但也十分高兴，简直要笑出声。在这么短的时间里，我的情绪从绝望转为无比乐观，死亡很快又变为一种模糊的可能，而非不可避免的事实。我用没受伤的腿跳着站起来，绳索变松了。我敏锐地意识到，西蒙对调绳结位置时，我们处于最不安全的状态。如果这时我摔落，就会掉下去一整个绳距的距离，到那时绳索会在西蒙身上绷直，巨大的拉力会把他也拽下山。我把两只冰镐插进雪中，一动不动地站着。右下方的山坳已经近了很多。绳索又被拉动了几下，我小心地把身体靠向斜坡，后半段下降开始了。

西蒙现在已经变成上方一个红蓝相间的小点，我朝他挥挥手，看到他从凹座中站起身来，转身面朝斜坡，将双脚踢入雪面，绳索打着转从我身旁垂下。西蒙正在下来，我转身开始挖掘下一个凹座。我深深挖入斜坡，掘出的洞足够他整个坐进去，然后把靠背和底座挖成弧形，让它们低于洞穴边沿。挖到满意之后，我抬头向上看，西蒙正迅速倒攀过来。

下一段下降速度更快。我们采用的下降系统非常高效，情况正变得越来越乐观，但阴影也随之而来——天气开始迅速恶化。云层在山坳上空掠过，大量云团在东边的天空翻涌。风越来越强，将粉雪吹过斜坡。大片的雪飘来，在西壁上横飞。气温随风力增强而骤降。我能感到风打在脸颊上，下巴和鼻子变得麻木，手指变冷变僵。

西蒙在第二段下降结束时来到我身边。我们的位置几乎和山坳齐平，但要横移一段才能抵达山坳边缘。

"我走前面，踩道沟出来。"

他没有等我回答就出发了。看着他越走越远，我感到四周毫无依靠。去山坳的路看起来很长，我心想是否应该把绳索解开。我并不想解开，虽然明白绳索救不了我，而且如果我摔落，还会把西蒙一起带下去，但我不愿放弃绳子带来的安慰。我看了一眼西蒙。简直不敢相信！他已经走到山坳，离我只有 80 英尺远。日暮时分的光线让我误判了距离。

"过来吧！"西蒙的喊声从风中传来，"我抓好绳子了。"

我腰上的绳索被轻轻拽了一下。西蒙已经把绳子松弛的部分抽紧，准备给我打保护。我想他的意思是，如果我摔落，他就往西侧跳过去，没有别的方法可以拉住我。我一瘸一拐地侧身走过去，绊住脚的时候，差点失去平衡。膝盖里好像有软骨一类的东西扭住了，剧痛让我一下子呜咽起来。疼痛渐渐平复，我咒骂自己不够专心，同时再次启用之前那种侧向移动的行进模式，没办法把腿甩过去时，就伸手把腿抬到西蒙踩出来的沟上，然后重启行进模式。伤腿毫无生气，成了一个沉重而无用的物体。如果它挡了我的路，或是弄疼了我，我就咒骂它，把它抬到一边，仿佛它是绊倒我的一把椅子。

毫无遮挡的山坳里寒风大作，在这里，我们第一次能清楚地沿着山峰西翼向下看。五天前攀上的冰川就在正下方，蜿蜒直至冰碛地和冰隙区，那里通往位于我们身下大约 3 000 英尺的营地。这一路需要进行很多次长距离绳降，但全程都是下坡，而且我们已经不像在冰崖那里一样充满绝望。抵达山坳非常关键。如果冰崖和山坳之间有任何陡峭的地段，我们肯定没办法越过。

"几点了？"西蒙问。

"刚过 4 点。没有多少时间了，对吧？"

我看出他在权衡各种可能性。山坳下方的山壁满是飞扬的雪粉，云团几乎已经成形。很难判断是不是已经开始下雪，因为风一直把地面上的粉雪吹到我们身上。我们没在山坳坐太久，但我已经冻得有些麻木。我想继续向下，不过要看西蒙怎么决定。我等着他下定决心。

"我觉得应该继续。"他终于说道，"你可以吗？"

"可以。走吧。我冻死了。"

"我也是。我的手又没感觉了。"

"如果你想的话，可以挖个雪洞。"

"别。天黑前我们到不了冰川，但下面那个坡畅通无阻。最好还是再下去一些。"

"是啊。我不喜欢这个天气。"

"我也在担心这个。好了，我会在这里把你放下去。我们应该向右下方再走一点，但我觉得你没办法斜着下去。就试试垂直向下吧。"

我从山脊顶部沿着西壁向下滑。西蒙从边缘向后靠，撑住自己，好承受我的重量。粉雪纷纷崩落，冲向我，将我推向下方。我滑得更快了，大喊着让西蒙放慢速度，但他听不到。

第六章　最终抉择

　　我狂躁不安地挖掘凹座，动作飞快。从山坳下降的第一段有
300 英尺，这一段把我吓得够呛。向右斜着下降基本是不可能的，
重力让我变得很沉，无论怎么用冰镐在雪面上乱划，都无法阻止
自己直直向下坠去。

　　山壁上的情况和山坳上方的斜坡完全不同。西蒙放我下去的
速度比我预想中快很多。出于恐慌和疼痛，我不停大喊大叫，但
下降速度依然很快。50 英尺后，我不再朝他大喊，因为越来越大
的风和不断崩落的雪粉阻断了所有沟通。于是，我开始专注于不
让自己的伤腿碰到雪面。这简直是不可能的任务。虽然我的重心
是在没受伤的腿上，但在体重的推动下，右脚高山靴上的冰爪总
会被雪绊到，每次突如其来的碰撞都会造成膝盖的剧痛。我呜咽
着大口喘气，咒骂雪，咒骂寒冷，但主要还是在骂西蒙。对调绳
结位置的时候，我感觉绳子被拽了拽，便跳着左腿站了起来，把

冰镐下端敲进雪中，弯腰撑在上面，试着忽略疼痛。痛楚渐渐退去，只留下可怕的抽痛和灌铅般的疲倦感。

绳索又被拽了几下，这次来得也太快了。我漠然地吊在绳索上，任凭自己向下坠去。坠落一直继续，我忍无可忍，但也无计可施，无法结束这痛苦。我朝西蒙咆哮尖叫，让他停下，但毫无作用。抱怨必须得有个对象，于是我把西蒙骂得狗血淋头。我不停地想，绳子肯定快用完了，随时会停下来，可这绳子仿佛变长了一倍。

这边的山壁比山坳上方更陡峭，我很害怕，生怕西蒙控制不好。我没办法忽视脑中他所在凹座坍塌的画面，始终神经紧绷。如果下落一下子加速，就说明西蒙被拉了下来，我们俩都完蛋了。我等待着这一刻的到来，不过什么都没发生。

可怕的下滑停住了，我默默挂在雪坡上。三下微弱的拽动让绷紧的绳索轻轻晃动，我单腿跳着站起身，一阵恶心和疼痛袭来。真庆幸有寒风吹着雪花打在脸上。等着膝盖上的灼烧感退去时，我的头脑渐渐清醒。有好几次，高山靴被卡住时，我都感觉膝盖向侧面扭去，而且每次都很勉强。膝盖扭回来时，会爆发出一阵剧痛，关节里面的某些部分似乎相互交错，发出让人揪心的软骨碎裂声。我的呜咽还没停下，高山靴又被卡住了。到最后，腿开始不受控制地抖个不停。我试着让它别再抖动，但越用力，就抖得越厉害，只好把脸压进雪中，咬牙切齿地等待着。终于，颤抖减轻了。

西蒙开始向下攀爬，随着他下得越来越低，松弛的绳圈也盘绕着落在身旁。我抬起头，没看清他在哪里。一大团雪紧靠着斜坡翻滚而下,透过雪我什么也看不到,只能看出飞扬的雪粉变多了,这说明开始下大雪了。在我下方,视野也很局限。

我开始挖掘西蒙打保护的凹座。这能让我暖和起来,也能让我不再把注意力集中在膝盖上。再次抬起头时,我已经能看到西蒙正在快速爬下来。

"照这个速度,应该9点前就能下去。"他高兴地说。

"希望如此。"我没再多说。喋喋不休地表达感受对事情并没有什么帮助。

"是啊。我们再来一次吧。"他已经在凹座里坐好,拿好绳索,准备再次把我放下去。

"你可真是一点都不想磨蹭,对吧?"

"没什么可等的。来吧。"

西蒙仍然一脸笑容,他的信心感染了我。谁说一个人不能营救另一个?我心想。我们的合作已经从攀登转为救援,但仍然高效。我们没有沉湎于我摔断腿这件事带来的负面情绪。一开始确实有种不确定的感觉,但一旦积极行动起来,一切就变得有条不紊。

"好,你准备好就开始吧。"我再次侧躺下来,对西蒙说,"这次稍微慢一点。不然我的腿就要彻底断开了。"

他就像没听到我的话一样,因为这次比之前更快,痛苦的折磨加倍了。我不再像刚才那么乐观。我无法思考,只能忍受,直到对调绳结。仿佛一个世纪过后,这一刻才终于到来,但这短暂的喘息只持续了一瞬间,痛苦还没开始减轻,下滑又开始了。

我把双手按在雪面上,徒劳地想抬起断腿,让它远离坡面。

挂在安全带吊环上的冰镐在腰侧晃动，双手冻僵了，断腿总是被绊到，但我什么也做不了。肌肉开始发僵。我一次又一次尝试把断腿抬离雪面，但它变成一团沉甸甸的肉。我抓紧大腿上的肌肉，想把腿移开，仍然不起作用。这条腿已经不是我的一部分了。它不听指挥，全无生气地吊在那里，毫无用处。它一再被绊到，被扭曲弯折，带来种种剧痛，直到最后，我放弃尝试，无力地躺在向下滑动的雪面上，不住地呜咽着。下降继续。我不再惦记着停下的时刻，在剧痛中放任自流。疼痛感淹没了整个膝盖，延伸到大腿，伴随着灼烧感灌满我的每一寸意识。每次震动都让痛感加剧，不停揪扯着我的注意力，仿佛这条腿有了自己的个性，要让我清楚地听到它发出的信息："我受伤了。我废了。让我休息。别碰我。"

　　下降突然停止。三次拽动顺着绳索传了下来。我颤抖着站起身，试着抓住冰镐，开始挖掘下一个凹座，但握不住镐柄。终于能让它留在我戴着防护手套的手中时，它从一头滑到了另一头。我又试着拿起锤头冰镐，也是一样。我拽了拽右手上的防护手套，同样没办法抓牢它、把它脱下，只好用牙齿咬着拽了下来。脱下防护手套后，我的手上还戴着一双蓝色的保暖手套，布料上已经结了冰。隔着保暖手套，我也能看出自己的手指有多僵硬。它们僵直地并在一起，没办法攥成拳头。

　　我把手伸进外套，夹在腋窝下取暖。雪粉沿坡面倾斜而下，灌满了挂在手腕固定环上的防护手套。手部回血的灼热疼痛占据了我的脑海。与手指上可怕的灼烧感相比，小腿碎裂的剧痛也不算什么了。灼烧感缓解后，我把防护手套里的雪倒掉，把戴着保暖手套的手伸进去，另一只手也一样。

保护凹座挖到一半，西蒙下来了。他低着头默默等待。我看向他，发现他把两只手都夹在腋窝下。

"我的手情况也很糟。感觉冻伤了。"我说。

"就是因为下降。刚才我的手也完全冻僵了。中指怎么也暖和不起来。手指都没感觉了。"

他紧闭双眼，忍受着冻僵手指回温时的灼热疼痛。一波厚重的雪粉喷洒在他身上，但他完全没有理会。雪粉把我刚挖好的凹座埋住了一些。我伸出胳膊把这些雪扫开。

"来吧。天气变差了。我们要快一些。"

我在他脚下躺倒，绳索收紧时，我把重心从脚上移开，紧张地等待着下一次坠落。他猛地把我往下放，高山靴在雪里卡了一下，我痛呼出声。叫出来时，我正看着西蒙。他面无表情，继续把我往下放，没有时间来同情我。

第四次下降快结束时，我的情况更糟糕了。伤腿不断颤抖，停不下来。疼痛已经到达顶峰。不管有没有被绊到，疼痛一直持续着。奇怪的是，我开始能够忍受它了，因为我不再因为脚可能会被绊住而紧张害怕。我适应了这种持久的疼痛。不过，手的冻伤要更加严重。每次下降结束后，我都需要让双手暖和起来，但效果越来越差。西蒙双手的状况比我的更糟。

暴风雪持续加剧，雪粉不断顺着雪坡涌下来，感觉要把挖掘凹座的我推下山去。寒风横扫山壁，雪被吹向我裸露在外的皮肤，挤进衣服最小的开口里。我已经快要筋疲力尽。

下降还在继续，我无可奈何，只得听天由命，早就不记得下降的目的。除了忍受当下的境况，我完全没办法思考接下来要怎么办。对调绳结时，西蒙一言未发，表情毫无变化。我们陷入了一场残酷的斗争，我要承受疼痛的折磨，西蒙则要面对无休止的体力挑战，他要把我往下放 3 000 英尺，中间几乎不能休息。我好奇他会不会常常想到，凹座随时有可能塌掉。我已经无暇忧心这些，但西蒙如果想，就能十分安全地独自下山，对此他一直心知肚明。我开始感谢他做的这一切，然后又迅速让自己别这么想。这样只会突显我对他的依赖。

　　西蒙爬下来走向我时，我在挖掘第五个保护凹座，还没有挖得很深。清除表面的积雪后，我挖到了水冰。我靠左脚支撑自己，但没有深深踩进雪里。重心都在冰爪前齿上，这是一种很令人担忧的姿势，因为我能感觉到小腿肌肉处于紧张状态，很是疲劳，头脑中不断闪现打滑的场面。如果打滑，我和西蒙都会被拉下山。更糟糕的是，努力保持不动让我感到一阵恶心头晕。我不断摇头，把头压在雪面上，害怕自己会晕倒。我们已经遭受了这么多煎熬，这时候死掉可太蠢了。

　　只要看我过了多久才想起要在雪坡上打一颗冰螺栓，就能知道我有多冷。寒风和不断崩落的雪粉不仅让我身体麻木，也让我头脑迟钝。即使已经想到要这样做，驱散那份包裹着我的昏沉感也要花点时间。将想法付诸行动就已经是种成就。身体的这种表现让我警铃大作。我之前听说，人们会毫无意识地被寒冷击垮，行动变得迟缓，也不再思考。我把身上的绳索系在冰螺栓上，向后靠，开始热身，通过运动让自己清醒。我尽量大范围地活动身体，拍打手臂，快速揉搓身体，不断摇头。身子渐渐暖和起来，呆滞的感觉消失了。

西蒙注意到我打了冰螺栓。这是我们目前为止在山壁上见到的唯一一块冰面。他疑惑地看向我。

"下面肯定有什么特别的地形。一面陡壁之类的。"我说。

"是。我什么都看不到。"他挂在冰螺栓上探身仔细向下望，"确实变陡了，但看不出是怎么回事。"

我低下头，只看到雪粉如卷云般向下方的坡面拍去。雪花漫天，有的从空中飘落而下，有的被风吹来。但结果都一样——形成乳白天空。

"如果不知道下面是什么状况，把我放下去可不是什么好主意。"我说，"下面有可能是任何地形……岩石拱壁、冰瀑，都有可能。"

"我知道，但我不记得在北赛利亚峰上看到过什么很大的东西，你记得吗？"

"不记得。可能有几处裸露的岩层，但没别的。要不你先绳降下去，如果可以继续往下，就拽拽绳子。我感觉我可以自己绳降。"

"也没有别的选择了。好吧，我再打一个冰螺栓。"

他把冰螺栓敲进坚硬的水冰中，扣入双绳。我把绳索从安全带上解开，挂在自己的那颗冰螺栓上，十分安全。西蒙降至绳索末端后，会设置好保护点，然后给我跟着下去的信号。他开始在我身下绳降，我冲他喊道："记得在绳索末尾打个结。如果我晕过去，可不想从绳索末端掉出去。"

他挥挥手表示知道了，然后向下滑入一团团雪粉中。他的身影很快消失不见，我一个人留在原地，尽量不去想他发生了什么，只是静静单腿站着，凝视周身疯狂旋转的飞雪。四周只有雪花擦过我外套时发出的嘶嘶声，还有寒风偶尔猛地推动我。这里是一片孤独的荒野。我想起在雪洞中透过窗口看到耶鲁帕哈峰上的太阳——那不过是今天早上！天啊！感觉像很久之前的事了。不过是今天早上……然后我们沿着山脊下行，走过那些冰隙，之后是那面冰崖。仿佛一辈子那样长……情况已经发生了太多变化。寒意再次袭来，在我身上注入不断蔓延的沉重的迟钝感。

我又开始热身运动，拍打揉搓自己，让侵袭全身的迟钝感退去。接着，我看到绳索断断续续地抽动，便抓住绳子，感受到再次从下方传来的拉拽。我把保护器连在绳索上，撤掉挂着我的冰螺栓，小心地把体重移到用来下降的绳索上，再观察另外那颗冰螺栓，看是否有松动的迹象。绳索慢慢穿过保护器，我跟着西蒙滑了下去。

大约20英尺后，身下的斜坡变得垂直。我停下来，向下看去。大概再下去15英尺，坡度会变缓。再往下就只能看到雪粉了。沿着山壁绳降时，我发现它是一堵上面结着一块块冰层的陡峭岩壁，由多层短小的阶梯状岩壁构成，中间嵌有陡峭的冰瀑，我慢慢掠过它。有那么一两次，我撞到了岩石，感觉痛极了，但大体来说，绳降比被放下去还是要容易很多，带来的伤痛也少得多。我可以控制下降的速度，这很有用。陡峭的山壁完全没有造成疼痛，因为我可以扭身避开山壁，让伤腿悬在空中，不碰到任何物体。甚至在冰瀑上，我也能做到不绊到伤腿。

我正集中精力小心绳降，完全沉浸其中，西蒙的声音打断了我的专注。我向下看，他挂在冰螺栓上往后靠，对我咧嘴一笑：

"还有一段很陡的。我看到它下面的雪坡了，所以应该不远了。"

他说着，伸出手抓住我的腰，轻轻把我拉向他。他小心翼翼、几近温柔地把我转过来，让我在他身边停住时能面朝坡外。他把我的绳索连入第二颗冰螺栓，就在挂着他的冰螺栓旁边，然后让我没受伤的腿去踩他在冰上凿出的一处立脚点。我这才意识到，他完全知道先前让我经历了怎样的痛苦，而现在的关心其实是在默默告诉我——没事了，我并不想做个混蛋，只是必须那样做。

"不远了。说不定绳降完下一段之后，再放你下降四次就到了。"

我知道他只是猜测，想让我振作起来，对此我非常感激。在暴风雪肆虐的保护点上，在这短暂的一刻，我们感受到了友情的温暖。这就像是一部三流战争片里的老套台词——我们一起面对，兄弟，我们会活着回去的。但这感觉很真实，在所有的不确定中，只有它坚不可摧。我把胳膊放在西蒙肩上，冲他笑了笑。在他的笑容背后，我能看到我们的真实处境。他耗费了大量力气，看上去很疲惫。在低温的摧残下，他的脸显得很憔悴，透露出他所承受的压力和不安，他的眼中也没有笑意，而是充满担忧和焦虑。虽然他的话里充满信心，但我能从他的眼中看出一种悲观的不确定，那才是真相。

"我还好。"我说，"现在没那么痛了。你的手怎么样？"

"不好，而且越来越糟了。"他朝我笑了笑，我感到一阵内疚。冻伤的手让他吃尽了苦头，而我也付出了代价。

"我绳降下去，设好保护点。"

他迈步离开雪坡，稳稳降入下方雪粉的漩涡中。

我很快跟上他，在他挖好的巨大凹座旁和他会合。我们又开始下降，其间并没有什么有效的保护。我看了一眼手表，但看不清表盘，这才惊讶地发现天已经很黑了。我把手表上的小灯打开——7点半了。天黑已经一个多小时了，我竟然都没注意到！这让我明白，自己之前几乎没有什么事要做。挖掘打保护的凹座和集中精神应付下降，都不太需要光线。

接下来的下降中，在绳降保护点上感受到的温暖一直伴随着我。下降时，我不得不控制自己想要兴奋傻笑的冲动。我感觉自己失去了成年人的理智，十分幼稚。抵达冰川和钻进舒适雪洞的想法变得难以抗拒。这念头在我脑海中不断翻腾，就像在山上度过寒冷的一天之后，期待在篝火前吃顿热饭一样。我想赶走这个念头，害怕它会招致灾难。我告诉自己，"想"是没用的——可还是会想。下降的速度变快了，也变得更容易。腿还是很痛，但疼痛已经退居次位：现在最重要的就是赶紧下去。

我们轻车熟路地应用着这套下降系统，就好像已经练习了很多年。在看不到前路的暴风雪中每下降一英尺，我的乐观便增长一分。每次会合，西蒙的笑容都更灿烂，他的眼睛在我的头灯的照耀下闪闪发亮，便说明了一切。我们已经重新掌控了局势，不再像是在混乱中逃跑，或在绝望中与困难抗争。我们知道自己正在可控且有序地下降。

一波格外厚重的雪粉袭来，我弓起身子应对，撑住自己，直到雪粉全都掉落。再次移动时，落在我胸口和斜坡间的雪滑到了我的腿前，我把刚挖好的保护凹座中的粉雪扫净。天气没有好转的迹象，但至少也没有变差。西蒙从我上方的黑暗中出现。他的头灯在一团团飞扬的雪中闪出黄色的光。我一直看着他，这样我头灯的光就能指引他下来。他走到我旁边，又一波雪粉崩落，我们都低头躲避。

"该死！之前那波落雪差点把我推倒。"

"落雪越来越多了。可能因为我们快到底部了。一路下来会有更多积雪。"

西蒙说："我在想要不要解开绳索。这样如果我被雪一下子推倒，就不会把你拉下去了。"我笑了。如果他从我旁边掉下去，把绳索留给我，我要绳子也没什么用。

"我不管怎样都会掉下去，所以你还是系着绳子吧。这样我就不需要想这事了……出了事还可以怪你。"

他没有笑。他几乎已经忘掉我受伤的事，现在我提醒了他。他坐进凹座，装好接下来要下降的绳索。

"我猜最多再下降两次就到了。这是第八次，再加上那两段绳降，我们已经下降了2 700英尺，差不多吧。不可能超过3 000英尺，所以这次说不定是最后一段了。"

我点头同意。他自信地冲我咧嘴一笑。我沿着坡面滑了下去，他的身影消失在暴风雪中。早些时候，我曾注意到斜坡的角度逐渐放缓。这是个振奋人心的迹象，说明我们离冰川已经很近了。然而，西蒙的身影消失不见后不久，我便注意到斜坡又变陡了。

我下滑的速度加快了，绊到脚的频率增加了。疼痛和不适分散了我的注意力，我不再去想斜坡的事，开始徒劳地挣扎着把脚从雪面上抬起，但最终放弃努力，接受了这种折磨。

我感觉安全带上的拖拽力增加了，速度也变得更快。我试着用胳膊制动，但没有效果，于是转过身，抬头望向上方的一片黑暗。大量的雪在头灯的光线中闪闪发光。我叫喊着让西蒙慢一些。速度还在变快，我的心狂跳不止。是他控制不住绳索了吗？我又试着制动。没有用。我努力抑制疯长的恐慌，试图清晰地思考——不，他没有失去控制。我虽然下降得很快，但很稳定。他只是想快一些……仅此而已。我知道这是事实，但仍然感觉不太对劲。

是坡度。当然了！我应该早点想到的。坡度现在变得更陡了，这只意味着一件事——我正在接近另一处断崖。

我疯狂地尖叫着发出警告，但西蒙听不到。我又用尽全力喊了一声，声音淹没在扬起的雪粉里。15英尺之外，他就听不到我的声音了。我试着估测自己离绳索中段的绳结还有多远。100英尺？50英尺？我不知道。每一次下降都仿佛永无止境。我不断从扬起的飞雪中穿行而过，感受不到时间的流逝——只有几乎无法忍受的痛苦。

我突然感到有巨大的危险在逼近。必须停下来。我意识到西蒙什么都听不到，所以必须靠自己停下来。如果他感受到绳索不再承担我的体重，便会知道事出有因。我抓起冰镐，试着制动，整个人靠在冰镐头上，把它埋入雪坡，但它没卡住。雪太松软。我把左靴插入雪中，但它也只是从雪中刮过。

接着，我的脚突然悬空了。我来不及叫出声，只是趁整个身体被甩出边缘之前，绝望地抓向雪面。我急忙抓住绳子，向后翻了过去，绕着安全带打转。绳索悬在冰崖边沿，我发现自己还在下降。一阵厚重的粉雪倾泻在我身上，让我无法看清上面。

落雪停下时，我发现自己也已不再下降。西蒙控制住了我突然带给绳索的拉力。我很困惑，不明白发生了什么，只知道自己挂在半空中。我抓住绳索，拉着自己转换成坐姿。旋转还在继续，不过速度慢了下来。每转一圈，我都能看到6英尺之外有面冰墙。停止打转后，我恰好背对冰墙，只好扭过身去观察它。雪粉也不再飘落。我用头灯沿着绳索照上冰墙，直到看到自己掉下来的边沿。它大概在我上方15英尺处。冰墙很结实，向外悬伸，角度很陡。绳索又猛地下降了几英寸❶，然后停下。又一波粉雪如雪崩般从边缘倾泻而下，风吹着落雪在我周围不停打旋儿。我弓起身子挡雪。

从两腿间看去，冰墙向下陡落，向远离我的方向倾斜，向外悬伸直到底部。我盯着下方，试着判断冰墙的高度。我感觉自己能看到积雪覆盖的冰墙底部，以及位于我正下方的冰隙的黑暗轮廓，但纷飞的雪花很快挡住了我的视线。我回头看向上方的冰墙边缘。西蒙没办法把我拉上去。即便有个牢靠的保护点，这么做都非常困难。何况西蒙只是坐在雪地上的凹座里，试着把我拖上去无异于自杀。我朝着上方的黑暗喊他，只听到一声模糊的低沉喊叫。无法确定那是西蒙的声音还是我的回声。

我静静等着，双臂抱着绳索，好让身体竖直。低头看向双腿

❶ 1英寸约等于2.54厘米。

间的落差时，不由大吃一惊。随着恐惧不断增长，我开始渐渐对自己看着的一切有了一些认知。我离冰崖底部的裂缝非常远。慢慢认清这一点后，我感觉胃部开始因恐惧而翻腾。我至少悬空 100 英尺！我目不转睛地盯着那深渊，希望自己弄错。最后意识到，我不仅没有弄错，对情况的估计还过于保守。有一阵子，我什么都没有做，只有思绪不停飞转，试着评估情况发生了怎样的变化。然后一个事实在我脑海中闪现。

我转身看着冰墙。它距离我 6 英尺远，即使伸直胳膊，冰镐也够不到冰面。我试着荡向冰墙，却开始无助地打转。我知道自己必须沿着绳索爬回上面，而且必须迅速过去：西蒙并不知道发生了什么。其他几次下降都是很矮的山壁，他没理由觉得这次会不一样。这样想的话，他可能会继续把我往下放。哦，天哪！我会被卡在绳索中段绳结所在的地方，离底部很远！

我根本不可能够到冰墙，也很快意识到就算够到也没什么用。我没办法单腿爬上 15 英尺高的向外悬伸的冰壁。我在腰间摸索，寻找系在上面的两个绳圈。我摸到了，但戴着防护手套抓不住它们，只好用牙齿咬掉防护手套，然后再去抓那两个绳圈，把一个套在手腕上，用牙齿咬住另一个。伸手抓绳圈时我松开了主绳，向后翻了过去，只有腰部被吊着。因为有登山包拽着，我面朝下倒吊着，腰部最高，头和双腿垂在下面。我挣扎着向上扭动，摸到主绳，把自己拉回坐姿。

我弯起左臂绕住主绳，保持身体竖直，右手从齿间拿出绳圈，试着把细绳圈绕在绳索上，但手指已经冻麻了。我需要在主绳上打一个普鲁士结❶，这样就能沿绳索把绳圈滑上去，然后收紧绳结让自己牢牢挂在绳索上。努力保持身体竖直简直让人筋疲力尽。最后，我手口并用，终于将绳圈在主绳上绕了一圈，再试着重复这个步骤。至少要绕三圈，绳结才会有用。成功时，我已经抓狂到快要哭出来了。这过程花了快15分钟。风推着我轻轻打转，把不停崩落的雪吹在我脸上，遮蔽了我的视线。我把一只弹簧钩扣进普鲁士绳圈，连在腰间。

我把绳圈沿主绳推到我能够到的最远处，然后身体向后靠，让它受力。绳结收紧，往下滑了几英寸，拉住了我。我松开主绳，向后靠，仍然保持坐姿。第二个绳圈也要绑在主绳上，不过这次我可以用两只手操作。

试着取下左腕上的绳圈时，我才意识到自己的双手有多么不听使唤。两只手都冻僵了。我能移动右手手指，但一直抓着主绳的左手已经完全僵掉了。我用两只手互相用力拍打，抵着一只手的手掌弯曲另一只手的手指。拍打，弯曲，拍打，一次又一次，但并没有出现手指回温时的热痛。手指稍微能动了，知觉也恢复了一些，但非常微弱。

我从手腕上取下另一个绳圈，抵在主绳上。刚试着绕上主绳，就失手弄掉了它。绳圈掉在安全带和主绳相连的地方，我赶在它被风吹走前，一把抓住。就在我把它举到主绳上时，它似乎又要

---

❶ 一种绳索打结方式，将绳圈在主绳上缠绕两到三次即可制成。绳圈受力时，绳结会紧紧扣住主绳，重量减轻后，绳结又会松开，可以在绳索上上下推动。将两条绳圈用普鲁士结绑在主绳上，就可以沿主绳自由升降。救难时也可以利用普鲁士结拉起或放下人员和装备。

从手中滑走，我用左手成功把它按在了右前臂上，但因为手指根本拿不住，没办法捡起它。我又试着把它沿着胳膊滑上去，可还是掉了。这次我眼睁睁看着它掉到了身下，旋即明白，现在不可能爬上主绳了。即使有两个绳圈，爬上去也够难的，而现在，我的两只手如此无用，根本不可能爬上去了。我浑身瘫软地挂在主绳上，恶狠狠地咒骂起来。

至少不必再用力坐直身子了。这算是个安慰，尽管除此之外别无用处。主绳从腰部向上绷得紧紧的，像铁棍一般。绕在主绳上的绳圈在安全带上方3英尺处。我从安全带上解下它，穿在登山包的两条背带上，这样胸前的两条背带便被绳圈拉在一起。我用最后一把弹簧钩把绳圈两头扣住固定在主绳上，然后向后靠去，测试其是否牢固。效果很好。现在绳圈拉着我的身体贴着主绳，这样即便悬空坐着，也像坐在扶手椅上一样。我确定自己只能做到这种程度，便瘫坐下去，感觉毫无力气。

一阵狂风吹来，让挂在主绳上的我疯狂摆动。每次寒风袭来，我都感觉更冷。安全带勒着腰部和大腿，阻碍了血液循环，让我双腿发麻。膝盖已经不痛了。我无力地耷拉着双臂，感受到防护手套中的双手既无用又沉重。没必要让它们暖和起来了。我会被慢慢吊死，无法逃脱。我上不去，西蒙也永远没办法把我弄下去。我试着估算自己掉下边缘后过了多久。应该没有超过半小时。两个小时之内，我就会死掉。我能感到寒冷正在侵入我的身体。

阵阵恐惧在脑海中隐隐泛起，可即便是恐惧，也在随着寒意侵袭慢慢退去。我对这种感觉很感兴趣，漫不经心地猜测寒冷会如何夺走我的生命。至少不会疼——我对此感到欣慰。疼痛让我精疲力竭，现在既然不疼了，我的内心也平静下来。寒冷在腰部以上减缓了脚步。我想象着它如何缓慢向上，沿着我的静脉和动脉，以不可阻挡的势头向全身蠕动。我把它想成某种活物，某种爬进身体攫取我生命力的东西。我知道实际上它并非那样，但它带给我的感受正是如此，而这种感受本身似乎就足以成为一个充分的理由，让我相信它就是如此。我很确定，也不打算和任何人争论这个问题。这个想法几乎让我大笑起来。我感到很累，既困倦又虚弱。我从未感觉自己如此虚弱，仿佛没有四肢，没有身体。这感觉非常古怪。

我又猛地往下掉了一截，主绳拽着我弹了几下。我转身看向冰壁，意识到自己已在下落。西蒙又开始把我往下放了。我摇摇头，想赶走昏沉的感觉。他做不到的。我知道他是在赌，想着能在对调绳结之前把我放到底下。虽然我暗自希望他能成功，但清楚他肯定做不到。我向着夜色尖叫，发出警告。没有回应。我还在稳稳向下，低头看时，看到了身下的裂缝，很清楚。抬头看时，已经看不清冰崖的顶部。绳索向上延伸，伸入飞雪，然后消失不见。这时，绳子轻轻抽动了一下，接着又是一下，我停了下来。

半小时过去了。我不再朝西蒙的方向大喊，知道他和我一样无法移动。他要么会死在凹座里，要么会被我身体持续不断的拉力拉下来。我不知道自己会不会在此之前就已经命丧黄泉。一旦他失去意识，我便会完蛋。也许他会比我先死。我挂在绳子上，可以避开最严重的雪崩，他应该比我更冷。

每次想到死亡，不论是我还是西蒙的死亡，我都无动于衷——不过是事实罢了。我累到没有精力在乎这些。我想，或许恐惧会让我更努力地挣扎，但随后便放弃了这个想法。我很怕再尝试系绳圈，而且那也没什么用。托尼·库尔茨在艾格峰❶遇难前一再奋力求生，从未停止战斗。他挂在绳索上突然就死了，那时仍在努力求生。救援者们目睹了他死去的过程。虽然我和他处境相同，但很奇怪，我并不怎么焦虑……也许是因为太冷？用不了多久我就会死去。我撑不到早上的……也不会再见到太阳。我希望西蒙不要死，这很难……但他不应该因为我死掉……

　　我猛地挺直身子，将漫游的思绪抛诸脑后，心中涌起对自己遭遇的强烈愤怒。我对着寒风尖叫、咒骂、胡乱喊叫。

　　"他妈的，这已经是最后一次下降了，而且是在那么多痛苦之后。该死。他妈的混蛋！"

　　声音消失在雪和风中。我漫无目的地大喊，全身因为痛苦和委屈疯狂发抖。愚蠢的咒骂毫无意义，就如周身嘶嘶作响的风。愤怒涌入身体，温暖了我，令我颤抖。连串的脏话和充满挫败感的泪水驱走了寒冷。我为自己哭泣，我咒骂自己。归根结底都是我的错。是我摔碎了膝盖。是我掉了下来，是我要死了，是我连累了西蒙。

　　绳索滑动。我下坠了几英寸。接着又是几英寸。是他把绳结从保护器里拿出来了？我又往下滑了些。停住。然后我便明白了会发生什么。他要下来了。我把他拉下来了。我挂在绳索上没有动，

---

❶ 艾格峰是瑞士境内阿尔卑斯山脉群峰之一，其北壁异常陡峭。1936 年，德国登山者托尼·库尔茨（Toni Kurtz）与搭档一起征服艾格峰北壁，不幸遇难。

等待坠落的到来。它随时会发生，随时会变为现实……

我把乔从身边放下去时，他笑了笑。那笑容很勉强。疼痛让笑脸扭曲得像鬼脸一样。我飞快地把他往下放，无视他的叫喊。他很快消失在我的头灯光束范围外。一阵落雪从头顶崩落，挡住了绳索。除了腰上能感受到他的体重，没有其他迹象能证明他的存在。

我让乔的下降速度保持平稳。虽然我的手指已经发僵，但保护器很好控制。我很担心手指的状况，它们目前的情况很糟。离开山坳之后，我便一直很担心。我知道乔的攀登生涯已经结束，但现在更害怕自己的双手就要废了。不知道手的状况会有多糟糕。天还没黑时，我迅速查看过，但看不出冻伤有多严重。有四个指尖和一根拇指变黑了，只是不知道其他手指会不会也变成那样。

我听到下方传来一声微弱的叫喊，绳索微微抽动。可怜的家伙，我心想。这一路下去，我一直在把他弄疼。很奇怪我对此十分冷漠。之前很难不顾及他的感受，但现在容易多了。我们的进展非常快，很高效。这让我感到骄傲。我们克服了所有困难，好极了。下降比想象得容易，乔给我挖凹座帮了很大的忙。他真的撑住了，这绝对很需要控制力！我完全没有要求他去挖凹座，但他就那么做了。要是我的话，不知道会不会那样做。谁知道呢。

我的手又被冻僵了。每次绳结滑上来之前，它们就已经变得很糟：像动物的爪子一样十分僵硬。绳索平顺地从保护器中滑上来。我一直很小心，避免让绳索打结，否则就得一手拉住乔，一手去解开冰冻打结的绳索，我简直不敢去想那个画面。安全带上的拉力增大。坡度一定又变陡了。在对调绳索中段的绳结之前，还有 70 英尺要下降。我加快了放绳的速度，知道这会让乔很痛。天还亮着时，我能看到下降很长一段距离对他而言有多痛。但我们已经下来了。加快速度十分必要。黑暗中，又传来一声微弱的叫喊。一波急促的落雪又从我身上倾泻而下。我在凹座中窝得更深，感受到雪花落地，轻轻碎掉。之前的凹座都撑住了，但在完成时也都快要塌掉。

突然，我的腰部被狠狠向前拽去，整个人差点从凹座中被拽出来。我把重心挪回去，坐进雪里，双腿用力撑住，抵御突如其来的拉力。天哪！乔掉下去了。我让绳子慢慢滑动，直至停下，试着避免绳索突然停住带给我的拖拽力。拉力仍然很大。安全带卡进我的臀部，绳子在两腿之间绷得紧紧的，感觉要把我从凹座的底部扯下去。

半小时后，我再次放绳。不管乔身上发生了什么，显然他都没办法把重心从绳索上移开。我臀部上的压力切断了血液循环，两条腿变得很麻。我试着去想别的办法，而不是放他下去，但没有办法。乔没有试着爬上来。我感觉绳索没有抖动，他没有在尝试做什么。我无法把他拖上来。凹座已经只有原本的一半大小，它从我的大腿下面渐渐瓦解。我已经撑不住乔的重量。坡面上较高处陡峭的部分不超过 50 英尺。

这段距离不长，爬上这段之后，他也许可以把重心从绳索上移开，然后建起一个保护点。我别无选择。

绳索放完后，我意识到拉力并没有减轻。乔仍然挂在半空中。他妈的，我到底把他放到什么鬼地方去了？

我低头看向滑入保护器里的松弛绳索。下方20英尺处，绳结正慢慢滑向我。我骂骂咧咧，试着催乔在下面找一个牢靠的地方。还剩10英尺时，我不再往下放绳。绳索上的拉力完全没有减轻。

我不停用脚踩雪，试着阻止凹座坍塌，但不起作用。我头一次因为恐惧颤抖起来。雪再次从身后袭来，汹涌地包围了我。我的大腿一点点向下移动。崩落的雪推着我向前，填满了我背后的凹座。哦，天哪！我要掉下去了。

雪突然不再崩落，就和开始时一样突然。我继续把绳索往下放了5英尺，同时疯狂地思考着。我能一只手在绳结下方抓住绳索，然后对调保护器吗？我松开一只手，举起来盯着它看。手没办法攥成拳头。我又想到可以把绳索绕在大腿上，让它在保护器里保持不动，然后把保护器从安全带上取下。愚蠢的主意！只靠双手，我根本拉不住乔。如果把保护器解下来，150英尺无保护的绳索就会从我手中滑过，无法阻挡，径直把我拉下山去。

乔掉下去快一个小时了。我冷得发抖。尽管我在努力，但还是越来越抓不住绳子。绳子慢慢下滑，绳结滑了上来，抵住我的右拳。我抓不住了，阻止不了绳子滑动。这个想法压垮了我。雪在滑动，我已经忘记了风和寒冷。我要被拉下去了。凹座在身下移动，雪从脚下滑走。我滑动了几英寸，只能把脚深深跺进坡面，阻止自己移动。天啊！我必须做些什么！

刀！这念头凭空冒了出来。当然了，用刀。快点，快，把它拿出来。

刀在登山包里。我用了很长时间，才腾出一只手，把登山包一侧的肩带脱下，然后又脱下另一边的肩带。我拉紧绳子，在大腿上绕圈，右手尽可能紧紧握住保护器。我胡乱地摸索着找到包上的扣子，与此同时身下的雪正慢慢滑走。恐慌感快要将我淹没。我在包中摸来摸去，绝望地寻找那把小刀。抓到某样光滑的东西后，我把它拉了出来。红色塑料把手滑进防护手套，差点掉下去。我把刀放在腿上，用牙齿拽掉防护手套。我已经做出决定，现在别无选择。用牙齿拔开刀时，金属刀刃粘在了我的嘴唇上。

我把刀伸向绳索，突然停手。那些松弛的绳索！我得把缠在脚上的松弛的绳索扯开！如果它缠住了我，就会把我一起拉下去。我小心地把它扯到一边，确保它待在凹座里，远离保护器。然后再次伸手把刀刃抵在绳索上。

不需要用力。绷紧的绳索一碰到刀刃就被割断了，拉力消失，我向后倒在凹座里，浑身发抖。

我靠在雪地上，试着让呼吸平缓下来，感受着太阳穴狂乱的鼓动。落雪如急流冲来，嘶嘶作响。我视而不见，任由雪流倾倒在脸上和胸膛上，喷进脖颈处敞开的拉链，灌进衣服里。雪还在不断涌来，漫过我的身子，落向割断的绳索和下方的乔。

我还活着，当时脑中只有这一个念头。切断绳索后的漫长静默中，我并未想乔在哪里，或者他是否还活着。我已经感受不到他的体重，只能感受到周身的寒风与落雪。

我终于坐了起来，松弛的绳索从臀部掉了下去。被割断的绳端从保护器里伸出来——他不在了。我杀了他吗？我没有回答这个问题，但脑海深处有种冲动告诉我——是的，没错。我感觉非常麻木。因为太冷，也因为被震惊得头脑麻木、无言以对，我黯然盯着下方打着旋儿的雪，想知道发生了什么。我没有负罪感，甚至也不悲伤，只是凝视着头灯微弱的光束穿过飞雪，被空虚感紧紧攫住。我很想对乔大喊，但强忍住了。他听不到的。我很确定。我在风中颤抖，寒意蹿上后背。又一波崩落的雪在黑暗中压向我。独自待在暴风雪肆虐的山坡上，寒冷彻骨，这让我别无选择，只能把乔抛到脑后，明早再说吧。

我站起来，转身面朝斜坡。保护凹座里满是崩落的粉雪。我开始挖雪，很快便挖出一个能把一半身子躺进去的洞，只有腿暴露在暴风雪中。我机械地挖着，摇摆不定的思绪折磨着我。我不停问自己一些无法回答的问题，于是只好停手，静静躺着，思考这一夜发生的事，然后又开始挖。每过几分钟，我都要让自己从混乱的思绪中挣脱，重新专注于挖掘，但几分钟后便发现，自己又走神了。挖好雪洞用了很长时间。

这是一个异乎寻常的夜晚。我极其冷漠地思考着发生的事，仿佛在将自己从中抽离，这种感觉十分奇怪。偶尔我会想，说不定乔还活着。我不晓得他掉到了哪里，但知道我们已经离山脚很近，所以心存希望，觉得他能在掉落一小段后摔在冰川上活下来，这似乎很合理。说不定他现在正挖雪洞呢。然而出于某些原因，我感觉情况并非如此，无论如何也躲不开一种强烈的感觉——他肯定已经死去，或者将要死去。我感觉雪洞下方，在黑夜里疯狂崩落旋转的粉雪中，隐藏着什么可怕的事。

雪洞完工后，我挣扎着钻进睡袋，用登山包堵住入口。再也听不到寒风和崩落的雪冲过雪洞顶的声音，我躺在寂静的黑暗中，试着入睡。可无尽的思绪在脑中疯狂打转，折磨得我无法入睡。我试着回顾自己所做的一切，从头到尾思考一遍，好让自己定下神来。但没一会儿，便不再尝试，因为回忆起来的只有事实，而它们太过残酷，我无法从中得出任何结论。我想质疑自己所做的事。似乎有必要控诉自己，证明我做错了。

因为脑中思绪万千我才开始彻底思考整件事，结果却让脑子更加混乱。我争辩道，我对自己并无不满。实际上，我很高兴自己内心足够强大，能做出割断绳索这样的决定。我没有别的选择，只能那样做。我做了，而且做得很好。妈的！那并不容易！很多人在打起精神做到这一步之前就死掉了！我之所以还活着，是因为我一直冷静地撑到了最后一刻，平静地执行了计划。我甚至谨慎地停下来，检查绳索会不会打结把我拉下去。这就是为什么我他妈的如此困惑！我应该内疚才对。但我没有。我做得对。但是，乔该怎么办呢……

最后，我断断续续地打着盹儿，时而醒着思考，时而陷入睡眠，就这样度过了混乱的几小时。外面暴风雪肆虐，在黑暗的雪洞中我目不可视，只有胡思乱想。因为大脑拒绝入睡，或是因为它被压力、恐惧和害怕所刺激，我只能用它不停地思考，翻来覆去地想着，乔死了，我知道他死了，随后便不再把他想成是乔，它只是从我腰间坠下的重物罢了。因为下坠太突然又太猛烈，我无法完全抓住它。

夜渐渐深了，我陷入一种恍惚的迷乱之中。乔的身影渐渐从脑海中隐去，取而代之的是口渴。每次醒来，我都渴望喝水，口渴逐渐占据了所有思绪。我的舌头又干又肿，和上颚粘在一起。不管把多少雪塞进嘴里，都无法止渴。上次喝水已经是快二十四小时之前了。那时，我至少应该喝一升半的水，以应对高海拔造成的脱水。此刻嗅着周围雪中的水汽，只感到气恼抓狂。我精疲力竭地昏睡过去，偶尔因为强烈的口渴猛然惊醒。

天色逐渐放亮。我看到了洞穴顶部冰镐留下的印记，夜晚结束了。在新的一天到来之际，我思考着自己必须做哪些事。我知道不会成功。没道理会成功。我早就彻底想过了。现在这些事必然会发生在我身上。我不再害怕，夜晚的恐惧已经随着黎明消失不见。我知道自己会去尝试，也知道那会要了我的命，但还是要去经历这一切。这么做至少能保留一些尊严。必须尽我所能，即便失败，也要放手一搏。

我像做弥撒前的牧师一般穿戴整齐，庄重而谨慎。这会儿还不急着下山，因为我很确定这是我的最后一天。我心怀自责，为这一天做着准备，仿佛自己是某种古老仪式的一部分，而我昨夜在黑暗中胡思乱想的几小时里已经仔细计划好了这场仪式。

我收紧高山靴上冰爪的最后一根绑带，然后默默看向戴着保暖手套的双手。精心准备使我冷静下来。恐惧消失了，我内心平静，感觉自己坚强而冷漠。夜晚已经帮我清空了情绪，消除了罪恶感和痛苦。割断绳索后的孤独感已经消失。口渴的感觉也缓解了。我已经做好十足的准备。

我用冰镐砸碎雪洞顶部，站起身来，走入炫目的阳光中。天气很完美，没有雪崩，没有风。周围覆满冰的寂静山峰闪烁着白色的光，冰川温柔地向西蜿蜒，直通往大本营上方的黑色冰碛地。我感觉自己被注视着。月牙形的峰顶和山脊之上，有什么东西在俯视着我，等待着我。我从塌掉的雪洞中迈步向前，开始下山。我就要死了。我知道，注视着我的它们也知道。

西蒙

第七章　冰下阴影

我无力地挂在绳索上，几乎抬不起头。可怕的疲倦席卷全身，我因此热切地希望这无尽的悬挂尽快结束。没必要再受这种折磨了，我只想一了百了。

绳索向下扯了几英寸。你能坚持多久，西蒙？我心想。再过多久，你就会和我一起掉下来？很快吧。我感到绳子又开始颤动，像电缆一样绷紧，便如同接到通报电话一样，一下子明白了情况。就是这样了！就此结束。真遗憾！我希望有人能找到我们，知道我们爬上了西壁。我不想消失得无影无踪，那样永远不会有人知道我们做到了。

风吹得我轻轻转了一圈。我看向身下的冰隙，它仿佛正等着我掉下去。冰隙很大，至少20英尺宽。我估测自己挂在它上方50英尺处。它沿着冰崖底部延伸，在我的正下方被一层雪覆盖，但右边毫无遮盖，张着黑色的血盆大口。我漫不经心地想到：它仿佛一个无底洞。不。它们从来都是有底的。我开始想自己会掉到多深的地方。一路到底……掉进底部的水里？天哪！希望不要！

绳索又抽动了一下，在我上方的冰崖边缘磨来磨去，带下大块的冰壳。我凝视着伸向上方黑暗中的绳索。寒冷早已令我屈服，我的胳膊和腿都已毫无知觉。一切仿佛都在变慢，变得绵软无力。所有的想法都变成了无聊的问题，永远得不到解答。我已经接受死亡将至的事实，没有别的可能。死亡并未让我感到极致的恐惧，因为寒冷让我麻木，让我失去痛感；寒冷让我失去知觉，只想睡觉，不再关心后果。这会是一场无梦的睡眠。现实已成噩梦，而睡眠则在不停召唤，仿佛一个黑洞，在唤我前往，那里没有痛苦，没有时间的概念，如同死亡。

头灯灭了，电池被冻坏了。我在上方漆黑的空隙中看到了星星。可能是星星，也可能只是我脑中的光点。暴风雪停了，因而很容易看见星星。我很高兴再次见到它们，仿佛是老朋友回来了。它们看上去很遥远，比我以前见到时都要远，而且也更亮——你会以为它们是挂在那里的宝石，漂浮在上方的空气中。有些闪着光在移动，断断续续，一闪一闪，把最明亮的星光洒在我身上。

突然，我等待的事发生了。星光熄灭，我掉了下去。就像有什么东西活过来一样，绳子猛地抽向我的脸，我无声坠落，坠入一片虚空之中，永无止境，如同一场关于坠落的梦。下落的速度很快，比想象的还快。胃部开始发起抗议，我飞速坠落，却仿佛置身遥远的上空看着自己，毫无感觉。头脑一片空白，所有的恐惧都消失不见。这就是结局！

后背撞上了什么东西，发出一声巨响，梦境被打破了。雪将我埋住，脸颊上有些湿冷，但下落还在继续，一瞬间我什么都看不到，感到非常害怕。现在要掉进冰隙了！啊啊啊……不！！

　　我又开始加速，速度很快，快到我听不到自己的尖叫……

　　一阵剧烈的撞击止住了下落，我眼中闪过无比耀眼的白光。白光继续闪烁，在眼中爆裂出电火花。我听到空气掠过身体，却感觉不到。雪随之落到身上，我看到它们从远处轻柔飘来，听到它们刮过全身，但那感觉似有若无。脑中仿佛有什么东西在跳动，然后隐去，白光出现的频率也越来越低。撞击把我吓坏了，不知道过了多久，我还依然麻木地躺着，几乎没意识到发生了什么，就好像在梦中，时间放慢。我似乎躺在半空中一动不动，没有支撑，没有质量，只是静静躺着，大张着嘴，盯着上方的黑暗，还以为自己闭着眼，体会着每一种感觉，留意着所有从身体中传来的信息，什么都不做。

　　我无法呼吸，感到一阵反胃，但什么都没吐出来。胸口感到压痛。接着又是一阵反胃和干呕，我用力吸气，还是什么都没吐出来。我听到海滩卵石上那种熟悉的沉闷轰响，放松下来，闭上眼睛，让自己沉入逐渐褪色的灰暗阴影。胸口一阵痉挛，我终于吐了出来，冷空气灌进胸口，脑中的巨响突然停了。

　　我还活着。

　　腿上传来一阵灼热的剧痛。伤腿在身下弯着。随着灼痛感不断加剧，活着的感觉也变得真实起来。见鬼！如果死了，肯定感受不到那种疼痛！伤腿还在灼痛，我大笑起来——还活着！好吧，

秘鲁安第斯山脉修拉格兰德峰西壁。（照片：加里·金西）

上：乔（左）和理查德走向营地。（照片：西蒙·耶茨）
中：诺尔玛和格洛丽亚来营地做客。（照片：乔·辛普森）
下：女孩们放牧的高山草甸。（照片：西蒙·耶茨）

上：登山之前在营地休息放松。（照片：乔·辛普森）
下：乔在前几天的一次练习中穿过冰碛地。（照片：西蒙·耶茨）

上：出发去攀登。西蒙走在铜绿色的湖水旁，向修拉格兰德峰西壁靠近。（照片：乔·辛普森）
下：乔走近冰川，耶鲁帕哈峰高耸在前方。（照片：西蒙·耶茨）

上：在冰川底部穿过冰隙，艰难地寻找路线。（照片：乔·辛普森）
下：第一天攀登冰原的乔。（照片：西蒙·耶茨）

上：乔爬出冰原，朝背包右侧那条关键的 V 型冲沟之上的斜坡爬去。（照片：西蒙·耶茨）
下：落石砸下几秒钟之前位于冰瀑之上的乔。（照片：西蒙·耶茨）

上：乔在攀爬最后一段流雪槽，冰川位于 4 500 英尺之下。(照片：西蒙·耶茨)
下：上山路线和下山路线，左侧那堵危险的冰崖清晰可见。(照片：乔·辛普森)

上:西蒙登上修拉格兰德峰极度危险的顶峰。(照片:乔·辛普森)

下:登顶的乔看上去十分疲惫。(照片:西蒙·耶茨)

西蒙在北山脊上脆弱不堪的雪洞里休息，当时十分寒冷，他的手指被冻伤了。我在这里拍到了耶鲁帕哈峰沐浴在晨光中的照片。（照片：乔·辛普森）

上：我们在北山脊上留下足迹，之后就不再有兴趣拍照了。（照片：西蒙·耶茨）
下：西蒙用 300 英尺长的绳子将我一次又一次放下这面暴风雪肆虐的山壁，努力展开救援。（照片：乔·辛普森）

上：冰崖。拖着断腿爬下冰崖无疑是一道难题。（照片：乔·辛普森）

下：冰川下的冰碛地河流，修拉格拉德峰位于其上，耶鲁帕哈峰位于右侧。（照片：乔·辛普森及西蒙·耶茨）

西蒙相信乔已经死在冰隙中，在营地中痛苦又内疚，而乔爬过泥地和寂静的碎石坡，回到了营地。（照片：理查德·霍金）

斯宾诺莎和女孩们拆除营地时，乔躺在西蒙脚边，毫无意识。（照片：理查德·霍金）

上：前往卡哈坦博的路上，理查德（左）走在乔（坐在驴子上）旁边。（照片：西蒙·耶茨）
下：前往卡哈坦博的第二天，疲惫不堪的乔在旅途中休息。（照片：理查德·霍金）

去他的！我又大笑起来，发自内心地开心地笑。我感受着灼痛，用尽全力放声大笑，泪水竟顺着脸颊滚落下来。我不知道这到底有什么好笑的，但还是笑了。我朗声大笑，放声痛哭，就好像体内有什么东西舒展开来，那东西原本一直在肚子里紧绷扭曲，现在大笑着展开，离我而去。

我突然不笑了。胸口发紧，紧张感再次出现。

是什么让我停下来的？

我什么也看不见，身体侧躺着扭曲成奇怪的形状。我小心翼翼地弯起一只手臂挪动，摸到了一堵坚硬的山壁。是冰！那是裂缝的冰墙。我继续摸索，手臂突然摸了个空。身边有一处断崖。我抑制住远离它的冲动。感觉身后的两条腿落在一个雪坡上。身下的坡度也很陡。我是在一个岩架上，或是雪桥上。我没有向下滑，但不知道该向哪里移动，好让自己待在安全的地方。我把脸埋入雪里，试着理清混乱的思绪，理出一个计划。现在该怎么办？

别动就好。就这样……不要动……啊！

我控制不住自己。膝盖的疼痛掠过全身，逼我赶紧动起来。我必须让它不再承受我的体重。我动了动，然后开始下滑。全身每块肌肉都紧紧扒住雪面——别动！

滑动变慢，渐渐停下。我喘着气——刚才憋气憋得太久。我再次伸出手，摸到了坚硬的冰墙。然后，又向安全带上摸去，想找到用牛尾细绳❶系在上面的锤头冰镐。我在黑暗中摸索，发现细绳在身旁绷得很紧。我拉起它，把锤头冰镐从身前的断崖上拽回来。

---

❶ 一种绳索工具，又称挽索，常用于固定装备或攀登者。

我得在冰墙里敲一颗冰螺栓，同时不能让自己从岩架上掉下去。

　　事实证明，这比想象的要难。我找到安全带上挂着的最后一颗冰螺栓，不得不扭过身去面对冰墙。我的眼睛已经适应黑暗。星光和月光从上方冰墙顶上我掉下来的洞口照了进来，让我有足够的光线看清两边的深渊。我可以看到笼罩着灰色阴影的冰墙和断崖下的一片深黑。下面太深，光线都无法穿透。我把冰螺栓敲入冰墙，试着忽略肩膀前方的黑色深渊。锤头在冰墙四周敲出回响，第二、第三声回响从身下的深渊和肩前的黑暗深处飘来，令人不寒而栗。这片黑色空间暗含无限的恐怖。我敲打冰螺栓，感觉每敲一下，身体便会往侧边滑动。冰螺栓只剩柄部露在外面时，我把弹簧钩扣进冰螺栓孔里，然后匆忙在腰间摸索绳子。黑色空间充满威胁，我空空如也的胃拧作一团。

　　我拉着自己靠近冰墙，呈半坐姿势，面对左侧的断崖。两腿在雪上不断打滑，我只得拖着脚走回冰墙边。我不敢松开冰螺栓，几秒都不行，可手指需要更长时间才能绑好绳结。每次绳结打得乱七八糟，我就怒骂一通，手忙脚乱地再试一次。我看不到绳索，虽然平时蒙着眼都能打好绳结，但现在冻僵的双手很是碍事。我感受不到绳索，没法穿绳打结。试了六次之后，我已经快哭了。绳索掉了，伸手去拿时，我打滑倒向前方的断崖，于是赶紧猛地向后一仰，在冰墙上慌乱地摸索冰螺栓。防护手套顺着冰墙滑动，我向后跌去，手在冰面上乱抓，想隔着防护手套抓住什么东西，似乎是冰螺栓撞到了手，我牢牢握住它，这才没有跌倒。我一动不动，盯着身前的黑色深渊。

几次失败的尝试之后，我突然发现自己已经打出一个差不多的绳结。我把绳结举到眼前。借助从顶部我掉下来的洞口中照进来的微光仔细观察它。我能看清绳结上的突起，在突起上方，是我努力打出的绳圈。我兴奋地笑了起来，出乎意料地对自己感到满意。我把绳圈扣在冰螺栓上，对着黑暗傻笑。安全了，我不会坠入那片黑色深渊了。

　　绳索紧绷，令人安心。我放松地挂在上面，抬头望向顶部的小洞。天空无云，满天繁星，月光渐亮，映得群星愈发闪亮。胃里紧缩的感觉消失了。许多个小时之后，我第一次整理思绪，开始正常地思考。我在冰隙下面差不多……50英尺而已。冰隙上方被盖住了。等西蒙来了，早上我就可以出去……

　　"西蒙！？"

　　我吃惊地大声叫出他的名字。回音轻轻传了回来。我没想过他可能已经死了。当我去想发生了什么，事情的严重性让我一下子惊呆了。死了？我无法想象西蒙已经死了，尤其是现在，在我活下来之后。冰隙里的冷寂攫住了我的心神。如同置身于坟墓之中，在一个毫无生气、冷漠而缺乏人气的空间里。从来没有人来过这里。西蒙，死了？不可能！我之前听到、也看到他在冰崖边上。他要么挂在绳索上，要么就会掉进这里。

　　我又开始咯咯笑起来。无论怎么努力压抑，也止不住这笑声，回声从冰墙上反弹回来，听上去嘶哑而狂躁，让我无法分辨自己到底是在笑还是哭。黑暗中传来的声音扭曲失真，不似人声。咯咯笑的回声陆续传回，将我环绕。我又笑起来，听到回声又接着笑，一时间忘掉了西蒙，忘掉了冰隙，甚至忘掉了伤腿。我蜷缩着靠在冰墙上，笑得整个身子晃动发抖。这其实都是寒冷所致。一部分的我意识到了这一点。脑海里有一个冷静理性的声音告诉我，因为寒冷和受到惊吓我才会这样。而当这个冷静的声音对我说明现状时，另一部分的我则默默开始变得有些疯癫。这让我感觉自己好像被分成了两半——一半在大笑，另一半则在不带感情地理性旁观。过了一阵子，我意识到这种感觉消失了，我又变得完整。发抖让我稍微暖和起来，身体因为坠落而分泌的肾上腺素已经消退。

我在登山包里摸索头灯的备用电池，知道它就在包里。我装好电池，打开头灯，看向旁边的黑色深渊。新电池点亮的明亮光束穿透黑暗，照亮冰墙，一路跳跃着伸向头灯光线也无法抵达的深处。冰墙反射光线，闪出蓝色、银色和绿色的光。每隔一段，就有小块岩石均匀地冻结在表面，点缀在墙面上。我把光束扫向下方，照向那些光滑的扇形凹陷，小石块湿漉漉地闪着水光。我紧张地咽了咽口水。借着光线，能看到下方 100 英尺远的地方。两边的冰墙相距 20 英尺，没有变窄的迹象。我只能猜测，在头灯光线之外的黑暗中，还隐藏着几百英尺的深渊。在我前方，冰隙对面的冰墙耸立而起，上面布满凌乱的破碎冰块。在我上方 50 英尺，冰墙拱起形成如同屋顶一样的顶部。我右边的斜坡十分陡峭，向下延伸大约 30 英尺。在它下方，一处断崖落向黑暗之中。

光线无法照到的黑暗空间吸引了我的注意力。我能猜到那边藏着什么，心中充满恐惧。我感觉自己被困住了，在周围的冰墙上快速寻找缝隙。什么也没找到。光线要么被坚硬平坦的冰墙反射回来，要么就被另一边无法穿透的黑洞吞没。冰墙拱起形成的顶部遮住了右边的冰隙，而在左侧，冰块凌乱地延伸向下，让我看不到裂缝的开口。我所在之处是一个冰与雪的巨大洞穴。只有上方漆黑的小洞中，有点点星光洒下，让我能一窥外面的世界。除非爬上那些冰块，否则外面的世界就像星星一样遥不可及。

　　为了省电，我关掉了头灯。黑暗似乎比任何时候都更加令人压抑。明白自己陷入何种困境并未帮我理清头绪。我独自一人，感觉这片寂静的空虚，这样的黑暗，以及上方缀满星星的洞，都在嘲笑我想要逃脱的念头。我只能想到西蒙。他是我逃出去的唯一希望，但不知怎的，我相信，如果他没有死，他也会以为我死了。我全力大喊他的名字，声音传回，在身下的深渊中化为更多逐渐减弱的回声。那声音无法穿透这冰与雪的墙壁，被人听到。冰隙顶部在我上方 50 英尺。而我之前挂在绳索上时，也在冰隙顶部上方至少 50 英尺处。看到冰隙的巨大开口和冰崖，西蒙立刻就会觉得我死了。从这么高的地方掉下来，不可能还活着。他会那样想。我知道。如果易地而处，我也会那样想。他会看到深不见底的黑洞，认为我已经死在里面。坠落 100 英尺还毫发无损地活了下来，这真是讽刺，几乎令我无法承受。

　　我愤恨地咒骂，回声从黑暗中传来，听上去是如此无力。我继续骂，不停地骂，让愤怒的脏话充斥整个空间，回声响起，仿佛又回敬我以脏话。我大叫着宣泄沮丧和愤怒，直到喉咙发干，再也喊不出声。静下来后，我试着去想之后的事。如果西蒙往冰隙里看，就会看到我，他甚至有可能听见我的声音。也许刚才他已经听到了？除非确定我死了，否则他不会离开的。你怎么知道西蒙没有死？他跟我一起掉下来了吗？弄清楚……拉一下绳子！

我拽了拽松弛的绳索，很轻松地拽动了。我打开头灯，注意到绳索从顶部那个小洞垂下来，打着弯松松地挂着。我又拉了一下，软雪簌簌落向我。我平稳地不停向下拉，心情越来越激动。这是逃生的机会。我等着绳索拉紧，希望能拉紧，却一直能轻松地拉动它。我希望通过绳索感受到西蒙身体的重量，这么想有点奇怪，但刚刚突然想到的逃生方法只有这样才能奏效。西蒙摔下来时，应该是越过冰隙，冲了过去，所以一定是撞上斜坡才停下。他应该死了。那样摔落之后，他肯定死了。等绳索收紧，我就可以打个普鲁士结，爬上去。他的身体会是一个牢靠的保护点。没错。就是这样……

绳索弹落下来，希望破灭了。我把松弛的绳索拉过来，盯着绳端磨损的断口。割断的！我无法移开目光。白色和粉色的尼龙丝线从断口处绽开。我猜自己其实早就知道了。那想法有些疯狂。信以为真更像是已经陷入癫狂，但一切就是朝着那个方向发展的——我不可能离开这里了。该死！我根本就不该走这么远。他应该把我留在山脊上。那样会省事得多……做了那么多之后，我却要死在这里。那之前为什么还要费劲尝试？

我关掉头灯，在黑暗中静静啜泣，感觉自己快要崩溃。我放声大哭，偶尔停下听回声如同小孩的哭声般消失在下方，然后又放声大哭起来。

醒来时很冷。我晃神很久才慢慢清醒过来，回想自己身在何方。发现自己竟然不知不觉睡着了，我吓了一跳。不过我是被冻醒的，这倒是个好迹象。寒冷可以轻易让我丧命。现在我内心十分平静，一切会在这条冰隙中结束。也许我一直都知道结局会是如此。能平静地接受它让我感到高兴。先前的哭泣和大喊实在太没必要，接受似乎更好一些。这种死法不会让我再受伤。这时我已经确定，西蒙会留我在这里等死。我并不惊讶。事实上，这让事情简单了许多。又少了一件需要担心的事情。我可能需要几天才能死掉。最后我想，我大概能撑三天。这条冰隙上方有所遮挡，我还有睡袋，可以撑好几天。我想象着这段时间会有多长——漫长的黄昏，然后是黑夜，从筋疲力尽的睡眠漂流到半睡半醒之间。也许最后一半都会是无梦的睡眠，我会安静地慢慢衰弱而死。我细细思索这种结局。它和我想象过的都不一样，看上去很不光彩。我不期望死亡会在辉煌中来临，但也没想过会这样缓慢而可悲地死去。我不想那样死去。

　　我坐直身子，打开头灯，看向冰螺栓上方的冰墙，感觉爬出去也是有可能的。虽然内心深处我并不相信，但仍鼓动起那微弱的希望，心想即使摔下来，至少也可以很快死去。看向两边的黑色深渊时，我的决心又动摇了。冰桥突然间显得非常危险。我在冰螺栓上方的绳索上系好普鲁士结。这样攀爬时我仍然连在冰螺栓上。松弛的绳索可以通过普鲁士结移动，但如果我掉下来，绳结便会收紧拉住我。我知道绳子可能会断掉，但不敢不用绳索直接爬上去。

一小时之后，我放弃了。我已经四次尝试攀爬这座垂直的冰墙，只有一次成功让自己离开岩架。我把两把冰镐都敲在上方，好拉自己上去，先把左脚高山靴上的冰爪踢进冰墙，再伸出一只冰镐向上，还没来得及把冰镐挥向上方的冰面，冰爪尖便滑脱了。我滑下来，重重拉动锤头冰镐。它从冰上被拽脱，我摔在冰桥上，伤腿弯曲着压在身下，疼痛无比。我尖叫着扭转身体把腿移出来，然后静静躺着，等待疼痛缓解。我不会再试了。

我坐在登山包上，关掉头灯，瘫挂在已经被我重新系在冰螺栓上的绳索上。昏暗之中，我可以看到自己的双腿，但过了一阵子才意识到能看到它们意味着什么。我抬头看向裂缝顶部那片昏暗的光，然后看了一眼手表。5点了。一小时之内，天色就会大亮。天一亮，西蒙就会从冰崖上下来。我已经独自一人在黑暗中待了7个小时。直到那时，我才意识到，没有光亮是多么令人沮丧。我大声喊着西蒙的名字。回声环绕在周围，我又喊了一遍。我会不断喊，直到他听见，直到我确定他已经离开。

很长时间之后，我不再大喊。他已经走了。我知道他会离开，而且不会回来。他以为我死了，没有理由再回来。我脱下防护手套和里面的保暖手套，检查手指。双手各有两根手指变黑，还有一根拇指冻得发青。我试着用力握拳，完全使不上力，但没有我想的那么糟。阳光从顶部的洞照进来。我瞥了一眼左边的深渊，向里能看到更深的地方，但看不到底部。它只是一路向下，消失在下方很远的暗影中。在右边，斜坡汇入我昨晚看到的断崖。右边很远处，阳光洒在冰隙后壁上。

我心不在焉地捡起绳索被割断的那端，想做出决定。我知道，自己没办法在岩架上再过一夜。我不想再经历一次那种疯狂状态，但又害怕去做唯一能做的事，没准备好接受这个选择。我没有下定决心，只是拿起一圈绳子，扔向右下方。它利落地飞向空中，从断崖边缘卷曲着掉下去，很快就看不到了。绳子猛地拉紧。把8字环❶扣在绳索上后，我侧身躺下。

　　我看着打入墙面的冰螺栓，犹豫不决。它可以撑住我的体重，不会被拉出来。普鲁士结挂在冰螺栓下方，没有受力。我想我应该带上它。如果绳索末端仍然没到地面，我必须用它才能回到岩架上来。我滑下岩架，向断崖绳降，看着普鲁士结变得越来越小。如果绳索末端还是深渊，我也不想再回来了。

---

❶ 一种可用于下降或打保护的8字形金属环。

第八章　沉默的见证者

　　我一路向山下走去，危险逼近的感觉几乎要将我压垮。和前一夜的狂风暴雪完全不同，现在周遭安静得令人不安。我以为崩落的雪会窸窣落下，但什么都没有发生。没有风吹雪粉拂在脸上，甚至迈步踢到的雪也只是静悄悄地滑走。就仿佛群山屏住了呼吸，等待着另一场死亡。乔已经死了——这片沉默宣示着这件事。但它们也定要将我一并带走吗？

　　阳光很暖和。我上方的巨大凹地中满是白色积雪，山壁反射出耀眼的光。上方数千英尺处，雪面在炙热阳光的照射下闪闪发光。我们昨天到过那里，但脚印已经不见踪影，夜晚抹去了一切痕迹。日光炙热的光晕中，山壁仿佛在轻轻晃动。我嘴里干涩发臭，毫无疑问是因为脱水，也可能是腹中空空带来的苦味。我盯着远处耸立的山，上面空空如也。我们做的是一件毫无意义的事——登上山峰，翻越它，再下来。真是愚蠢！山峰看起来如此完美，如此纯净原始。我们什么都没有改变。它如此美丽无瑕，却让我空虚。我已经在山上待了太久，它夺走了我的一切。

我继续下山，步伐平稳，有条不紊。我可以走得更快，但不知何故，感觉这么做似乎也没什么意义。四周没有风，寂静将我笼罩。脚下的冰川被冰山环绕，保持静默。没有冰层崩塌的沉闷响动，也没有冰隙崩开的迹象。我继续向下，感到一种反常的平静压迫着我，静默的氛围始终跟随左右。就让它跟着我吧，我希望平静地下山，保持尊严。危险愈发迫近，我小心翼翼地向后退了些。

一层层雪迅速滑入下方的一处断崖。我站在一处冰崖边沿，从坡上探出身子，朝下看去，至少有 100 英尺深。我抬头向冰崖正下方的冰川看去，搜寻人迹，什么都没有，没有任何挖过雪洞的痕迹。所以，这里就是乔掉下去的地方。天啊！为什么是这样，为什么在这里！我们怎么都不会料到。令我彻夜难眠的可怕怀疑得到证实，乔死了。

我盯着下方的冰川，震惊得说不出话。虽然一直害怕看到最坏的情况，但还是没料到会是这样的场景。我之前设想的是一座垂直的小山壁，甚至只是一处岩石拱壁，绝不是这样高耸的冰崖。我回头望向山坡，沿着我们一路下降的垂直路线看过来，直到现在站的位置。我感觉被骗了。正是我们设法自救的方式导致了这样的事故。我还记得顺利下山时，内心越来越强的兴奋感。我为我们做到的一切感到骄傲。这种方式是如此有效——而且乔受了那么多罪，他一直在挖凹座，不断努力，到头来只不过是加快了冰崖上不可避免的事故的到来。我往旁边看去，看到我们原本打算下山的路线，沿斜对角向左，避开悬崖。确定好路线时，我们并没有注意到右边的冰崖，从没想过会直直降下来。

我转身离开冰崖，茫然地盯着眼前的山峰。它太残酷，让我厌恶。这一切就像是蓄谋已久，被某种无聊而邪恶的力量预先注定。一整天的努力、暴风雪之夜的混乱，都是徒劳。我们是多么愚蠢，以为自己足够聪明，可以逃脱它！挣扎了那么久，最后还是割断了绳索。我笑了。短暂的苦涩笑声在寂静中听起来很响亮。太滑稽了，我想。以病态的方式来看，确实很好笑，但这玩笑落在了我自己身上。真是个有趣的玩笑！

我面朝雪坡，开始沿冰崖边缘横移。头脑中的宿命论已经消退。取而代之的是愤怒和怨恨。痛苦的愤怒使我不再无精打采。我不愿听天由命。虽然还很虚弱，又精疲力竭，但现在我决心活着离开这座山。它总不能也夺走我的生命。

我不时从冰崖边缘往下看。越向右横移，冰崖便越矮，但攀爬的地面也越陡峭危险。到最后，冰崖断面和我横越的斜坡融为一体，松软的雪面变成坚硬的水冰，偶尔还有破碎的岩石从中凸出。我开始缓慢地移动，沿对角线下降。这段路对技术要求很高，我开始全神贯注，早前的情绪被抛在脑后。

下降 50 英尺之后，我来到一块冰层覆盖的岩石上，用冰爪前齿站在倾斜 70° 的冰面上，每下降一英尺，冰面就变得更加硬脆。仔细查看后，我发现脚下是一块从冰中凸出的岩石拱壁。我向下看，冰层迅速变薄，灰色的阴影说明岩石上只有几英尺厚的冰。我把一颗岩钉敲进岩石裂缝中，把自己和它相连。

为绳降做好准备很困难。因为暴风雪，绳索被冻硬了。我麻木的手指似乎也无法绑好绳结。准备好之后，我把绳索扔出去，让它挂在岩钉上，沿陡峭的坡面悬垂而下，到达下方 150 英尺处的缓坡。我把保护器固定在绳索上，把自己从岩钉上解开，然后缓缓沿着冰壳覆盖的岩石拱壁绳降下去。

我沿绳下降，渐渐看清冰崖的全貌。它向左侧延伸，形成一座巨大的拱形山壁。在其顶部能看到前一晚我们的绳索深深卡住边缘的位置。那里是冰崖最高处。冰崖断面向外悬伸。冰雪覆盖的白色冰壁从山峰中赫然拱起。绳降得越多，山壁的压迫感就越强，到最后它就像是笼罩在我头顶，尽管那时我已经完全到了它的右侧。我惊异地盯着它。它如此庞大，我不禁在想，为什么我们之前完全没有注意到它。之前靠近山峰时，我们穿行而过的冰川就位于它的正下方。

下降到绳索一半长度，我向下瞥到了那条冰隙。我锁死保护器，整个人猛地停下，盯着冰崖底部无尽的黑色深渊，惊恐地颤抖起来。毫无疑问，乔掉进了那条冰隙中。我无比惊骇。想到会掉进身下那片张着大口的可怕黑暗中，我便紧紧抓住绳索，然后闭上眼睛，把额头压在绷紧的绳索上。

很长一阵子，愧疚和恐惧将我淹没，让我直犯恶心。就好像我在那一刻刚刚割断绳索。我还不如直接用枪指着乔的头，开枪打死他。我睁开眼睛，无法再低头去看那条冰隙，只是绝望地看着面前浮现岩石暗影的冰面。我已经算是离开了这座山，也确信自己能活下来，可我们经历的一切还是让我备受煎熬。温暖而平静的阳光下，前一夜的事显得那样遥远，我不敢相信它们是如此可怕。一切都改变了太多。我几乎希望情况仍旧很糟糕，至少那样我还有继续抗争的对象。我还能证明自己有活下来的理由，而他的死亡也是合理的。但实际上，只有冰隙中的一片黑暗指责着我。

我从未感觉如此凄惨孤独。我本来也没办法活下来的。现在我开始理解为什么自己在雪洞中会产生可怕的负罪感。如果没有割断绳索，我肯定会死。我看着冰崖，知道从那里掉下去后不可能生还。然而，虽然我成功活了下来，却要回去把这个难以置信的故事告知众人。从来没人会割断绳索！情况从来不会糟到那种地步！为什么你不这样做，或是试试那样做？我仿佛能听到他们这样问我，甚至接受了这个说法的人眼中也满含疑惑。这故事太奇怪，也太残酷。从乔摔断腿那一刻起，我就必定成为一个失败者，没有什么能改变这件事。

我沿绳下降，努力从这些无用的思绪中挣脱出来。我凝视冰隙，想看清楚，拼命想找到一些生命的迹象。离冰隙越近，它便显得更宽，也更深，我可以看到更里面。我一直盯着看，暂存的希望随每一寸下降而渐渐消失。没人能在掉进这么深的冰隙后活下来。就算乔活下来，我也什么都做不了。我没有足够长的绳索可以放到那么深的地方去，营地里也没有。我也知道自己没有体力再完成这样的任务。下到冰隙里去营救只会是徒劳无望的行动，而且我也无法再面对这样的风险。我受够了接近死亡的感觉。

"乔！"

我大喊，声音在黑暗中回响，仿佛在嘲笑我微不足道的努力。

冰隙太大，真相太明显。我无法说服自己相信他还活着。一切都在告诉我，他死了，做任何扭转这一事实的努力都不过是在安慰良心。我望向那可怕的深渊，冲里面大喊，收获的只有回声，然后是彻底的沉默，宣示着我已经知晓的一切。

我的脚碰到了雪面，绳降结束。身下一条斜坡平顺地延展向冰川，再过 200 英尺，就能安全抵达那里。我转身抬头望向冰崖。我身处冰崖最右端，在比冰隙外沿稍微低一点的地方。冰崖顶部的绳索痕迹还清晰可见，无声地证明了我所做的一切。细粉雪从冰崖顶部落下，仿若一团轻纱似的白云。我看着它们轻轻飘落。这个地方是永恒的，却毫无生机可寻。大量的雪、冰、岩石慢慢抬升；冻结、解冻、破裂，在几个世纪的时光流逝中不停变化。一个人想和这里抗衡是多么愚蠢的事！粉雪如云，落在我左边很远处的冰隙顶部。乔就是从那里掉下去的。至少雪能盖住他的尸体，让我无法看到。虽然我觉得自己本来也看不到下面那么远的地方。

我转过身去，抑制住想要回上面再看一眼的想法。那没有意义，总得面对事实。我不能为了找一具尸体在那里站一整天。我面朝冰川，茫然地向那里走去。

　　抵达和冰川齐平的雪面后，我把登山包扔在雪里，坐了下来。很长一段时间，我只是沮丧地盯着自己的高山靴，不想回头看山。强烈的安全感在心中涌起。我做到了！我就这样坐在那里，想着这座山，想着我们在山中度过的这些日子。我觉得自己好像是在回看生命中的一年，而不是六天。冰川周围都是结冰的山壁，好似一个阳光的熔炉。极度的白色吸收了四方的热量，又似乎把所有热量都集中在我身上炙烤。我想也没想便脱下外套、防水外裤和防寒上衣。我仿佛在无意识地行动。攀登和绳降不再经过深思熟虑。仿佛没有任何主观的努力，我就突然被转移到了冰川上。我对这一天的记忆也已经褪为模糊的情绪和震惊的感受。那时，我才意识到自己有多累。过去二十四小时里，我缺少食物和水，因此状态极差。我回头看向冰崖，它现在看上去只是巨大坡面上一个小小的部分，我知道自己永远无法回到那里去。我甚至在想自己是否还能返回大本营。要想尝试救援，需要好好休息几天，填饱肚子，恢复体力。也许这就是最好的结局，乔。至少你已经死了。我几乎是在大声对远处的冰崖说话。想到有可能发现他还活着，但受了重伤，我不禁充满恐惧。如果那样，我就必须得离开他去寻求帮助，但没人能帮我们。等我恢复体力回来救援时，他可能已经在冰中孤独绝望地死去了。

"对。这就是最好的结局。"我低声说。

我在冰川上的软雪中跋涉，始终背对修拉格兰德峰。我能感觉到身后它强大的存在，很想转身再看它一眼。我低着头不停向前走，目不转睛地盯着雪地，直到抵达冰川尽头的裂缝。冰川和岩石冰碛地互相碾压，冰面扭曲断裂，形成几百条平行的冰隙。有些冰隙很容易看到，然后避开，但也有很多被雪面覆盖。平缓延伸的坡面掩盖了下方的危险，我没有绳索，感到自己赤身裸体，十分脆弱。

清晨的多疑又卷土重来。炎热和口渴让我头晕目眩，我已经忘记进山时的路线，只能狂躁地从一条冰隙看向另一条，心中不由恐慌。我们是在那条冰隙上面还是下面走的？或者是那条更低处的冰隙？记不起来了。我想得越用力，就越困惑，最后走出来的路线扭曲又糟糕，也不确定自己在往哪里去。我只能关注到周围几英尺的雪面，漫无目的地走过斜坡，曲折前进，有时还会往回走。脚下的雪面随时都有可能张开黑色的裂口。

到达冰碛地后，我瘫坐在一块岩石上，枕着登山包，感受火热的阳光照在脸上，对冰隙的恐惧也被烤得融化了。

最终，强烈的口渴逼我起身，摇摇晃晃地朝那条布满巨石的宽阔河流走去。河流从冰碛地一路蜿蜒，汇入我们营地上方的湖泊，离大本营大约 4.5 英里，步行差不多需要几小时。我知道半路上就能找到水——在一处圆形花岗岩巨石上流淌着融化的雪水，这就足够了。我能闻到周围有水的气息。它们在我脚下的巨石之间流淌。我能听到水在巨石下方更深处的裂缝中潺潺流动，但却无法抵达。

又走了几码之后，我停下脚步，转身最后看了一眼修拉格兰德峰。我能看到大部分山体，但下面的部分被冰川的曲线挡住，对此我心生感激。这样我就看不到冰崖了。乔就在冰崖上，被埋在雪中。然而我不再为此感到内疚。就算再次身处同样的情况，我确信自己还是会用同样的方式行动。虽然不内疚，但心中缓缓生出疼痛感，失落和悲伤也在不断加剧。结局就是这样——我独自站在山峰的碎石中，体会逝去与遗憾。转身离开时，我想低声说句再见，却没说出口。他已经一去不复返。冰川在未来几年会持续上升，把他带入山谷，但到那时，他将成为一段偶然才会想起的记忆。我似乎已经开始忘记他了。

我跌跌撞撞地走过凌乱的巨石和碎石坡。最后回头看向冰川时，已经看不到修拉格兰德峰了。我疲惫地靠在巨石上，任由自己心乱如麻地感受痛苦和悲伤。口渴已经难以忍受。我口干舌燥，吞咽了一下后，嘴里几乎没有产生唾液，无法缓解不适。下山的路线变得混乱模糊，只有怎么走都走不完的巨石地、灼热的正午阳光和口渴。两条腿沉重又虚弱，让我不断摔倒在岩石间。松动的岩石突然在脚下滑动时，我发现自己没有力气控制身体不摔倒。我用冰镐稳住自己，不时伸手支撑。手指拍在锋利的巨石上，却毫无感觉。太阳也没能让手指恢复知觉，它们仍然麻木冰冷。一小时后，我看到了那块圆形巨石，水流在巨石侧面淌过，闪闪发光。我加快脚步，一想到水，便有一阵能量涌遍全身。

我走到巨石下方的洼地，把登山包扔在潮湿的碎石上。然而那儿的水流并不大，根本不够喝。我小心地在岩石底部的砾石中搭起一个集水的区域。水缓慢诱人地填满它，我吸了一口满是沙砾的水之后，它便空了。我蹲在岩石上喝一口，等待一会儿，然后再喝一口。似乎永远也喝不够。突然，上方传来一声巨响，我躲到旁边。一堆石块砸进身旁的碎石中。我犹豫了一下，回到集水池边。我们上山时，曾经在这里休息、喝水。当时也有石块落在身上，我们跳开，嘲笑对方害怕的样子。乔把这里叫作"炸弹巷"。随着白天气温升高，巨石上方积雪融化，雪下的小石块会不时滚落，轰击下方。

我坐在登山包上，吐出嘴里的沙砾。洼地里柔软泥泞的碎石和沙砾上有脚印，那是我们在山中攀登留下的唯一痕迹。这是一处偏僻的休息地点。在大片凌乱的冰碛地中，我坐下休息的位置正是能勾起回忆的地方。六天前，我们坐在同一个地点。当时强烈的兴奋感和身体健康强壮的感觉，都变成了空洞的回忆。我看向挡住低处湖泊的冰碛地。没有多少时间感受这份孤独了。再有一小时，我就会抵达大本营，这一切便结束了。

水带来的清新力量灌入四肢，我开始出发前往湖边。我现在很担心见到理查德，他肯定想要知道发生了什么。所有人都想知道。一想到要告诉他事情的始末，我就很想逃避。

如果告诉他真相，等回家后，我就不得不把同样的故事告诉所有人。我脑海里全是之后不可避免要面对的怀疑和批评。我无法面对这些。我不该面对这些！愤怒和内疚在心中冲撞，争论着我到底应该怎么做。我清楚地知道，自己做的一切都是正确的。在内心深处，我始终明白自己没有做任何需要羞愧的事。如果隐瞒真相，情况就不会那么糟糕了。我会避免很多不必要的痛苦和烦恼。

为什么要告诉他们你割断了绳索？只要你不说，他们永远都不会知道。说和不说又有什么不同呢！就说我们从冰川上下来时，他掉进冰隙里了。对！告诉他们我们没有结组。我知道这样说显得很蠢，但管他呢，很多登山者就是那样死掉的。他已经死了。怎么死的并不重要。我没有杀死他。我能回来就已经很幸运了……为什么要让情况变得更糟糕呢。我不能说实话。

天啊！连我自己都很难相信……他们肯定也不会信。

走到湖边时，我仍然在说服自己——说实话是很愚蠢的。我知道那只会给我带来痛苦。我不敢想乔的父母会怎么说。在湖边又喝了些水后，我用更慢的速度走向营地。理智一直在告诉我应该怎么说。这么说是合理的、明智的。我的逻辑无可指摘。但内心深处有某种东西让我羞于这样做。也许是负疚感。不论我多少次说服自己——我别无选择，只能割断绳索，总有个指责的声音反复跳出来，说并非如此。做出这样的事似乎是一种亵渎。它违背了我所有的本能，甚至违背了自我保护的本能。

时间在不经意间流逝。我陷入纠结而负面的思绪中，感觉自己快要爆炸了。任何理性的观点都无法驳倒我的内疚和怯弱，这两种情绪牢牢驻守在心中，如此令人痛苦。之前的那种宿命论又令我陷入自我惩罚。我似乎确实应当惩罚自己，以弥补丢下乔独自死去的罪过，就好像活下来本身就是一种犯罪。我的朋友们会相信我、理解我。其他人愿意怎么想都可以，如果他们的想法伤害到了我，也许那也是我应得的。

在第二个小湖泊尽头，我爬上冰碛地的最后一段小坡，俯视大本营的两顶帐篷。想到那里有食物、热饮和治疗冻伤的药物，我匆忙沿着帐篷上方长满仙人掌的山坡走下去。我已经把该怎么对理查德解释这一难题抛到脑后，几乎是急匆匆地跑了下去。翻过一座小山丘时，我放慢了脚步。在山丘顶上，我看到理查德慢慢朝我走来。他背着一个小包，正弯腰看地面，没有听到我的动静。我站在那儿没有动，被突然出现的他吓了一跳，等着他走过来。一阵可怕的疲倦在安静的等待中席卷全身。一切都结束了，汹涌而来的解脱感让我更觉精疲力竭。我觉得自己要哭了，但双眼愣是挤不出一滴眼泪来。

理查德从小径上抬起头，看见了我，向我匆匆走来。他忧虑的表情变成惊讶，随后脸上绽开灿烂的笑容，双眼因为高兴而闪闪发亮：

"西蒙！能看见你真是太好了。我正担心呢。"

我不知道该说什么，只是茫然地盯着他。他看上去有些困惑，在我身后寻找乔的身影。也许是我的表情告诉了他，也许他正在猜测发生了什么糟糕的事！

"乔呢？……"

"乔死了。"

"死了？"

我点点头。我们沉默了，不敢看对方。我把登山包扔在地上，重重坐在上面，感觉自己好像永远也没办法再站起来了。

"你看起来糟透了！"

我没有回答，在想要对他说什么。不说实话的计划挺不错，但我实在没力气再去讲述。我无助地盯着自己发黑的手指。

"给，把这个吃了。"他递给我一块巧克力，"我烧了炉子，要煮些茶。我刚才正要上来找你们。以为你们受伤了，躺在什么地方……乔是摔死了吗？发生了什么……"

"对，他掉下去了。"我冷冷地说，"我什么都做不了。"

他神经质地念叨着什么。我想他感觉到了，我需要时间调整。我看着他准备热茶，递来更多食物，在他带上来的药品包里翻找。最后，他把药递给我，我接了过来，什么也没说。突然间，我对理查德生出一种深厚的感情，也很感激他此刻在这里。我知道如果他真的走出那么远，一定会死在冰川上的冰隙里。我很好奇他是否意识到了这种危险。他抬头看了一眼，发现我在看他。我们相视一笑。

坐在山丘上很暖和。我对理查德如实讲述了发生的事，甚至没有意识到自己在这么做。我无法不如实讲述。他静静坐着，听我叙述我所经历的一切，没有提出一次质疑，也没有因为我的话流露出任何惊讶。我很高兴自己告诉了他真相。不这样做也许会让我免受伤害，但我知道，正如我告诉他的那样，我和乔做了那么多努力，这些应该为人所知：我们在暴风雪中设法救援，我们协作的方式，我们为了活着下山做出的抗争。我不能说乔走在冰川上，愚蠢地没有结组，然后掉进了冰隙。他为了活下来，做出那么多努力之后，我不能再这样说，不能将如此不公正的谎言加在他身上，而且我感觉是我导致了他的失败，因而更加无法撒谎。我讲完后，理查德看着我说：

"我知道发生了可怕的事。但我很高兴你能成功下山。"

我们把他拿上来的药品和补给收拾好。他把这些东西都放进我的大登山包，然后背起两个包。我们安静地朝帐篷走去。

对我来说，那天剩下的时间过得稀里糊涂。我疲倦地躺在大圆帐外的阳光下，装备四散在周围晾晒。我们没有再谈起乔。理查德忙着做顿热饭，一杯接一杯地煮茶，然后坐到我身边，聊起他忍受的漫长等待：他渐渐开始觉得我们身上发生了什么灾难，最后再也忍受不了那种不确定的感觉，便出发去找我们。有六七个小时，我什么都没做，只是在阳光下打瞌睡、吃东西。很难适应营地的奢侈。我感觉自己的力量恢复了。半睡半醒间，感觉身体在自我修复。

傍晚时分，云团从东方涌来，巨大的雨滴打在我们身上。

雷声隆隆，我们躲进了我一直不愿进去的大圆帐。理查德从他的帐篷里拿来睡袋，在入口处用两个煤气炉煮下一顿饭。等我们吃完，雨已经变成雪，强风摇晃着帐篷。外面冷极了。

我们并排躺在各自的睡袋里，听着外面暴风雪的肆虐。烛光在帐篷布上闪烁着红色和绿色的光。在烛光中，我看到乔的东西凌乱地堆在帐篷后面，想到前一天夜里的暴风雪，不由地一阵战栗。直到入睡，那画面仍然留在脑海。我知道山上的情况会有多糟糕——崩落的雪倾泻而下，填满冰崖下的裂缝，将他掩埋。我陷入了精疲力竭的无梦睡眠。

西蒙

第九章 遥远之处

雪滑入下方的深渊，发出柔和的沙沙声。我盯着远在上方的冰螺栓,看着它越来越小。之前阻止我掉下去的那座冰桥十分显眼。在它背后，裂缝大张着口，消失在阴影中。我轻轻抓着绳索，确保它稳定顺滑地通过保护器。

结束绳降的渴望几乎令我难以忍受。我完全不知道下面是什么，能确定的只有两件事：西蒙走了；不会再回来了。这意味着待在冰桥上，就一定会完蛋。从上方逃生是不可能的，而另一侧的断崖则在不停诱惑我迅速了结一切。我备受诱惑，可即使身处绝望之中，我发现自己也并没有勇气自杀。冻死或累死在冰桥上需要经过漫长的等待。想到要独自发疯般地等待这么久，我不得不做出选择：绳降下去，找到一条出路，或是在这个过程中死去。我宁愿直面死亡，也不要等着死神降临。现在已经没有回头路了，虽然我的内心尖叫着想停下来。

我不敢低头看下面是什么，怕又会看到另一个深渊。如果真是那样，我会立刻停下，但接下去该怎么办呢？是要绝望地挣扎，妄图借助绳索对抗陡峭斜坡的拉力，但又无法回到冰桥上，只能疯狂地试着坚持尽可能长的时间吗？……不！不能往下看。我没那么勇敢。事实上，要在下降时抵抗让我难以承受的恐惧感，就已经够难了。要么下去找条出路，要么失去一切……我在冰桥上便已经做好决定，现在只有坚持。如果一切会就此结束，那我希望死亡来得快一些，不要让我有所准备。所以我一直盯着远在上方的冰螺栓。

　　斜坡更陡了。到达冰螺栓下方约 50 英尺处时，我感觉双腿突然在身下荡入开阔的空间，不由抓紧绳索，不再放绳。这就是我从冰桥上看到的断崖！我抬头看向冰桥，想让自己再一次松开绳索。我体验过这种感觉：站在一个很高的跳水板边缘，一边看着水滴从发尖掉入下方的水池，一边做心理斗争，说服自己跳下去没什么大不了，给自己壮胆，然后俯冲向下，在一段心跳几乎停止的下坠后，安全落入下方的水中，开怀大笑。我知道绳索用尽后，绳子会因为末端没有打结而被甩出保护器，我会掉入下方的空间。想到这个，冻僵的手便更使劲地握住了绳索。最后，我松开绳索，从前的感觉又回来了——仿佛水池会突然移向一边，或是一跳下去水池就会变空。尽管这次我连有没有一个水池可以瞄准都不确定。

　　我慢慢绳降，越过断崖，直到自己垂直挂在绳索上。断崖的山壁是坚硬而平整的水冰。我已经看不到那颗冰螺栓，便盯着冰面继续沿墙往下放绳。有一小会儿，我的注意力都在冰上，但随着周围的光线越来越弱，恐惧充溢心间，我再也无法控制自己，于是停了下来。

我想哭，但哭不出来，只感觉四肢瘫软，无力思考，一阵阵恐慌席卷而来。预料到有某种未知且非常可怕的事会发生是种折磨。不知道过了多久，我仍然无助地挂在绳索上，浑身颤抖，头盔压在冰墙上，双眼紧闭。我必须看看身下是什么，因为很清楚自己没有勇气盲目行动，况且情况不可能比现在更可怕。我瞥了一眼上方紧绷的绳索，它沿冰墙向上，消失在上方的斜坡上。回到上方 20 英尺处的斜坡是不可能了。我看向肩旁冰隙的墙面，另一边的冰墙耸立在 10 英尺外，我悬吊在一个由水冰围成的竖井里。决定看看下方的念头是我在绳子上打转时出现的。当时我转得很快，受伤的膝盖撞上冰墙，我痛苦又恐惧地嚎叫起来。我原本以为自己会看到绳索在下方松弛地垂入深渊，但实际上，我茫然地盯着出现在脚下的雪面，不敢确信自己看到的一切。雪面！下方 15 英尺是一处被雪覆盖的宽阔地面。没有深渊，也没有黑色的虚空。我轻声咒骂，回声从周身的冰墙上轻轻返回。我喜悦又宽慰地大喊了一声，声音在冰隙中隆隆作响。我一次又一次大喊，听着回声，大笑，再大喊。我已经抵达冰隙的底部。

恢复理智后，我又更仔细地查看了下方的雪面。发现它表层那些凶险的黑洞时，我的喜悦之情立刻收敛。它终究不是地面。冰隙向上伸展成梨形的圆顶，两侧弯曲，向远离我的方向延伸出 50 英尺宽，然后再次变窄。雪面横切洞穴平整的末端，而我上方的冰墙则收窄成为梨形较窄的一端，差不多 10 英尺宽，将近 100

英尺高。雪壳的小碎片从顶上簌簌落下。

我环顾这个冰与雪构成的封闭洞穴，熟悉它的形状和大小。对面的冰墙收窄，但没有闭合，留下一条窄窄的缝隙被雪填满，从上方一直延伸到顶部，形成圆锥形的积雪，底部大约有15英尺宽，顶部只有 4 或 5 英尺。

金色光柱从顶部的一个小洞斜射下来，在冰隙另一边的冰壁上洒下明亮的光影。这束阳光从外面的真实世界穿过洞穴顶部照了进来，令我入迷。我全神贯注地看着它，忘记了下方不牢靠的地面，就那样让自己沿着剩余的绳索滑了下去。我要去阳光那里。我当时十分肯定自己可以做到，至于要怎么做，什么时候能做到，则没有考虑。我就是知道。

几秒钟之内，我的整个态度就变了。令人疲惫恐惧的夜晚时光已被遗忘，绳降带来的幽闭恐惧现在也一扫而空。我在这异常寂静可怕之地度过了绝望的 12 个小时，而这一切看起来突然不再像我想象中的噩梦那样可怕。我可以做些积极的事。我可以爬行，也可以攀登，我可以不断行动，直到逃出这座坟墓。之前，除了躺在冰桥上，试着让自己不要害怕和孤独以外，我无事可做。无助是最大的敌人，而现在，我有了一个计划。

内心的变化令人震惊。我感到精力充沛，充满能量，乐观向上。我能看到潜在的危险和真实存在的风险，这些都有可能摧毁我的希望。但不知何故，我知道自己可以克服它们。那感觉就好像我被上帝眷顾，得到了一次逃生的机会，而我正用体内剩余的每一分力量抓住这个机会。我发现离开冰桥是一个非常正确的决定，一股强烈的自信和骄傲涌上心头。我在最恐惧的状态下做出了正确的决定。我做到了，也确信不会再有什么比冰桥上饱受折磨的那几个小时更糟糕了。

高山靴碰到了雪面，我停止下降，吊坐在安全带中，悬垂在绳索上，在离雪面几英尺的地方谨慎地检查其表面。粉状的雪看上去很软，我立刻对它生出怀疑。我沿着雪面和冰墙相接的边缘看去，很快发现了想找的东西。冰墙和雪之间有几处黑色的裂缝。与其说它是覆盖着雪的地面，不如说是个悬在裂缝之上的顶板，把我所在的上方空间和下方的深渊分隔开来。迎向阳光的雪坡起始处距我40英尺。位于我和雪坡之间的雪面引诱着我走过它。想到"走"，我笑了起来。我忘了自己的右腿派不上用场。好吧，爬过它……但从哪里过去？直接穿过，还是贴近后部的冰墙？

这个决定很艰难。我的脚可能会直接踏穿雪面，但我更担心那样会毁掉这个脆弱的表面。我最不愿见到的状况就是雪面被毁，而我被困在错误的一边，面前是一道无法跨越的裂口，那我可受不了。我紧张地看了一眼那束阳光，想从中汲取力量，然后立刻下定决心。我会从中间穿过，那里距离最短，也没什么迹象表明它比两侧危险。我轻轻放低身子，直到坐在雪上，但大部分体重仍由绳索承担。我把绳索一点点抽掉，整个人渐渐落在雪面上，整个过程都提心吊胆。我发现自己屏住了呼吸，绷紧了身上的每一块肌肉。我对雪面最轻微的动静都极端敏感，心想自己会不会慢慢陷入雪面，然后死掉。接着，绳索上的拉力减轻了，我意识到雪面撑住了，于是深深吸了一口气，从绳索上松开了握疼的手。

在巨大的深渊上借助一层脆弱的雪面保持平衡，这让我十分不安，我一动不动地坐了5分钟，试着适应这种感觉。过了一阵子才意识到，这种事是没办法适应的。我别无选择，只能试着跨越裂口。我放出40英尺绳索，把剩余30英尺绑在安全带上。然后，四肢摊开趴在地上，开始小心翼翼地向圆锥形积雪堆挪动。焦虑随着我渐渐靠近另一侧而减轻。偶尔会有雪掉进下方的深渊，发出一声闷响。而我只要听到一丁点响动都会身体僵硬，屏住呼吸，心脏狂跳，过一会儿才能再次挪动。越过中间点后，雪面上的黑洞已经都在身后，我感到现在爬过的雪面更厚，也更牢靠。

　　10分钟后，我瘫倒在伸向顶部金色阳光的斜坡上。用于绳降的绳索弯弯挂在冰墙和上方通往冰桥的陡坡上。要是早知道下方有雪面，我就不至于那么难过了。一想到自己有可能一直在上面等着，我就不寒而栗。那会是个漫长、疯狂而寒冷的不眠之夜。到最后，我会在忍受好几天耗尽心力的绝望后筋疲力尽，失去意识。

　　我看了一眼上方的圆锥形积雪堆。有那么一小会儿，我在想，相信自己有可能抵达上方的阳光是否只是自欺欺人。这段路很长也很陡。但只要还绑在绳索上，我就能攀登斜坡。爬向高处后，绳索也会跟着我一起向上，最终会几乎水平地挂在雪桥和阳光所在的顶部之间。不管从哪里掉下去，我肯定都会直接撞穿雪面，在下方的洞穴中来回摆荡，直到撞上我绳降的那堵冰墙。如果发生了那种情况，我就不可能再回到积雪堆或是冰桥上。我考虑了一下不用绳子攀爬，那样至少死亡会来得更快、更仁慈一些。但我驱散了这个想法。我需要绳索。它能带给我安全感。

微风穿过冰隙，我感到它拂过脸颊，那是从下方很深处传来的一股冰凉、如同死亡一般的气息。这个空间的光线奇异地混合了灰蓝色的暗影，以及在我周身冰墙上跃动的光影。湿漉漉的半透明冰墙中嵌着岩石，分外醒目。我在圆锥形积雪堆底部休息，感受冰隙中的气息。尽管被冰冷死寂的危险气氛包裹着，但壮观的水晶穹顶，镶嵌无数落石的闪光冰墙，由冰桥形成的巨大通道之外直面深渊的暗影，以及远处被冰桥遮挡的寂静穹顶，都让这空间保有一种神圣感。那种危险的气氛只是我想象出来的，但我无法让它离开脑海，就好像它以非人的耐心等待了几个世纪，只为等一个受害者出现。现在它等到了我。如果没有那束阳光，我可能已经被它亘古不变的寂静收服，麻木挫败地坐在那里。我打了个寒战。气温远远低于冰点，冷得让人难受。外面一阵风吹过顶部的洞，让粉雪撒入洞中。粉雪在阳光中飞扬，我着迷地看着。是时候往上爬了。

我小心地用左腿撑着自己站起来，伤腿无力地垂在雪面上方。它在夜里变得很僵硬，现在比没受伤的那条腿短一些。一开始，我不确定要怎么爬斜坡，我猜它有 130 英尺高，如果用两条腿，10 分钟就能上去。我担心的是斜坡的角度，初始部分只有 45°，把自己拉上这段斜坡轻而易举，但越往上角度越陡。最上方的 20 英尺几乎是垂直的，但我知道那是因为我正对着斜坡，所以产生了这种错觉。我想最高处的坡度应该不超过 65°。这也并不怎么令人鼓舞，就算没有受伤，松软的粉雪也会令人疲惫不堪。为了抑制悲观情绪的增长，我告诉自己，能找到一个斜坡就已经很幸运了。

最开始的几步非常笨拙，很不协调。我把两只冰镐深深砸入上方的雪坡，用双臂把自己拽上去。在上方更陡的坡面，这种方法便不会奏效，而且我意识到了这么做的巨大风险——如果一只冰镐从雪中脱出，我就会掉下去。我停下来，试着想出更好的办法。膝盖上的阵痛残酷地提醒着，要离开这里，还有很长的路要走。

前进模式！我想起自己是怎么和西蒙向山坳横移的。那好像是很久之前的事了。就是那样。找到一个模式，然后不停重复。我撑在冰镐上休息，看向陷在雪中的那条没受伤的腿。我试着抬起伤腿，和另一条腿平行。膝盖嘎吱作响，无法正常弯曲，我疼得呻吟起来，让高山靴停在没受伤的腿下方6英寸左右的地方。我俯下身子，在雪中挖掘一处台阶，疼痛加剧。我尽量把台阶砸实，然后在它下面挖出一个更小的台阶。完成之后，我把两只冰镐都砸进上方的斜坡，咬紧牙关，把灼痛的伤腿抬高，直到高山靴踏上较低的台阶。我用冰镐撑住自己，用未受伤的腿使劲一跳，努力撑着双臂增加额外的推力。伤腿一瞬间撑住我的全部体重，膝盖爆发一阵灼痛。但当未受伤的腿踩到更高的那个台阶之后，疼痛便消退了。我大声骂了句脏话，声音在整个空间滑稽地回响。然后我弯下腰，再挖出两个台阶，重复这个模式。弯腰，跳上去，休息；弯腰，跳上去，休息……爆发式的疼痛渐渐消失在这种固定的模式中，我不再关注疼痛，只专注于前进的模式。在酷寒中，我仍旧汗流浃背。疼痛和努力交融合一，我把心神都集中在跳跃和挖掘的模式上，时间也在不知不觉中流逝。我忍住向上和向下看的冲动，因为知道自己的进程极度缓慢，所以不想看到阳光仍然在上方很远处，再被提醒一次。

两个半小时之后，斜坡变陡很多。跳跃的时候，我必须特别小心。全部体重由插入松软雪面的冰镐支撑时，是最关键的时刻。坡度也迫使我精确地平衡每个动作。有两次我差点掉下去。第一次是跳跃时错过了那个大一些的台阶，滑到了下方较小的台阶，膝盖在体重的压迫下一阵扭曲。我挣扎着保持站立，努力摆脱恶心和头晕。第二次我成功跳了上去，但用力太大，失去了平衡。我猛地向前方的雪面扑去，以免掉下去，再次感到膝盖里有东西在移动碾磨。我咒骂抽泣，听到声音在下方的空间反复回响，那感觉很怪。更奇怪的是，那样抱怨时，我竟极为尴尬。没人在听，但身后压迫感很强的空旷洞穴让我感到拘谨压抑，仿佛它是个沉默的见证者，不断批评着我的软弱。

我把头靠在雪面上休息。汗水打湿了衣服，但只要停下来，很快就会变冷，不一会儿，便开始发抖。我看向顶部，高兴地发现阳光近在咫尺，又回头向下看，发现自己已经走完积雪堆的三分之二。从我所在的高处看去，整个空间显得更加空旷。弯曲的绳索连接着我的安全带和冰桥上的冰螺栓。我已经处于和冰桥齐平的位置，绳索悬空挂在我之前绳降的斜坡之上，在下方雪面之上 80 英尺处。我看着冰桥，想起自己在上面挨过的时光，有些分心。此刻我正接近阳光，很难相信在那个夜晚和绳降时自己是如此绝望。那是我做过最难的事，想到这个，我信心大增，但前路还很漫长。我转向斜坡，再次开始挖台阶。

又花了两个半小时，我来到冰隙顶部小洞下方 10 英尺的位置。

雪坡角度变得非常陡峭,几乎无法攀登。每次跳跃,都像一场慎重的赌博,在失去平衡和迈上台阶之间下注。幸运的是,随着圆锥积雪堆变窄,雪况有所改善,我能在左边的冰墙上找地方牢牢敲入冰镐。尽管顶部已经很近,我还是感到浑身乏力。疼痛达到一定的程度,开始保持不变。就算我再小心,也无法避免暂时把体重撑在受伤的膝盖上。摔断的部位反复扭曲痉挛,嘎吱作响,让我感觉虚弱又想吐。我再次向斜坡弯下腰,往上跳,用力拉敲进冰墙的冰镐,让高山靴踩上台阶并且不弄疼受伤的膝盖。积雪的顶部蹭到我的头盔。我已经来到雪面小洞的正下方,洞口有脑袋大小。炫目的阳光模糊了我的视线。我低头看去,洞穴消失在一片墨黑之中。我抬腿踩在挖好的新台阶上,准备向上再跳一次。

如果有人看到我从冰隙里钻出来,一定会笑的。我像地鼠一样从积雪顶部探出头来,盯着外面的风景。我一直握着打入冰墙的冰镐,单腿站着,脑袋探出雪面,看向四周。那是我见过最壮美的景色。冰川周围群山环抱,如此壮观,我几乎认不出自己看到的一切。熟悉的山峰呈现出我从未注意到的美丽。我能看见冰原和布满精致流雪槽的山脊,还有深色的冰碛地之海从冰川末端开始曲折蜿蜒直至视线之外。天空中没有一片云朵,太阳在蔚蓝色的天空中照耀万物,散发出热烈的温度。我默默站着,目瞪口呆,不敢相信自己终于重获自由。因为感官受损,我甚至都忘了这种逃出生天的时刻该有何种感受。

我把锤头冰镐从冰隙中拉出来,插在外面的雪地里,然后单腿起跳,越过深渊的裂口,滚落在雪地上。我呆呆地躺着,无比释然。感觉如同跟一个比我强大太多的敌人战斗许久。虽然太阳温暖了后背，但我仍在发抖。在冰窟中伴随我那么久的沉重绝望和恐惧似乎在阳光下融化了。我一动不动地趴在雪地上，脸朝下方的冰川，大脑一片空白。解脱感席卷全身，让我头晕目眩，虚弱无力，好像已经耗尽体内最后的能量储备。我不想动，怕会扰乱静静躺在雪中的满足感和平静。终于从紧张、黑暗和噩梦般的景象中逃离，我的心中充满幸运的解脱感。我这才意识到，过去12个小时里的每一秒，我都害怕得近乎发狂，也因此，大脑屏蔽了放松之外的一切感觉。我在阳光下昏昏沉沉，只想睡觉，忘掉所有。我所达成的成就已经超出我最大胆的期盼。虽然从没想过真能做到，但我逃出来了。此刻，这已足够。

我没有睡着，只是静静躺着，半梦半醒，慢慢适应这个新世界。我保持脑袋不动，只把眼睛从这里转到那里，辨认熟悉的风景，就仿佛是第一次看到它们。冰川像是一条冰冻的舌头，向北蜿蜒，在末端碎裂成由冰隙组成的迷宫。然后是黑色的冰碛地，一路凌乱地翻滚着，穿过宽阔的岩石山谷，在远处一个圆形的湖岸边，变成浅浅的泥巴滩和碎石堆。另一个湖就在圆形湖泊旁边，湖面反射着阳光。萨拉波峰挡住了视线，但我知道第二个湖泊尽头便是另一片冰碛地，过去之后就是我们的帐篷。

我慢慢明白了，尽管这新世界温暖又美丽，但它并没有比冰隙好多少。我在冰川上方200英尺，距离大本营6英里。宁静感化为泡影，熟悉的紧张感又回来了。冰隙只是一个开始！我真蠢，竟然以为自己已经搞定，已经安全了！我盯着远处的冰碛地和湖面的闪光，觉得很崩溃。太远了，太难了。我太虚弱，没有食物，没有水，什么都没有。危险的气氛再一次将我包围，我几乎要相信自己逃离无望。无论我做什么，都会导向另一个障碍，然后是再一个，直到我停下来，彻底屈服。远处黑色的冰碛地和发光的湖水嘲笑着我对出逃抱有的所有希望。这个地方恶意满满，有种清晰可感的敌对感包围着我，就好像空气中都充满静电。这里不再是我们很久之前踏入的那个游乐场。

我坐起来，苦涩地看着被割断的绳索末端，之前我把它从裂缝中拉了出来。

"太荒唐了。"我轻声说道，仿佛害怕有什么东西会听到我，知道我心中的挫败。

望向远方冰碛地的那一刻，我就知道自己至少要试一试。我可能会死在那些巨石中，这个想法没有吓倒我。它听上去很合理，事实而已。事情就是那样。我可以设定一个目标，但如果我死了，也没关系，并不奇怪。不过我不会就这样等死。死亡的恐怖对我的影响不像在冰隙中那样大。现在我有机会面对它，与它斗争。它不再是种绝望、黑暗的恐怖，只是事实，与我的断腿和冻伤的手指一样，我不会害怕这样的东西。摔落时我的腿会疼，站不起来时我就会死。简单的选择以一种奇特的方式让我重新振作起来。它让我敏锐和警醒。我看着大地延伸到远处的薄雾之中，更加清晰真实地看到了我在其中扮演的角色，这是之前从未有过的体验。

我从没有感受过如此彻底的孤独，这让我有些担忧，却也为我注入力量。一阵兴奋的刺痛窜过脊背。我已经下定决心。游戏开始了，我再也不能选择离开。来到这里寻求冒险，却发现自己不由自主地陷入了比预想中更困难的挑战，真是讽刺。有那么一小会儿，肾上腺素涌遍全身，让我异常兴奋，但这并不能赶走孤独，也不能缩短通往湖泊长达几英里的磕磕绊绊的冰碛地的长度。眼前的景象很快就扼杀了我的兴奋。我被遗弃在这个可怕而孤独的地方。这使我的感知更加敏锐，能从脑海里大量无用的思绪中清晰而灵敏地看到事实，它也使我意识到自己能够活着并且意识清醒地来到这里、能改变现状，这些都非常关键。这里寂静无声，白雪皑皑，晴朗的天空中空无一物。但是还有我坐在这里，感受着一切，接受自己必须努力去实现的目标。没有黑暗力量在与我作对，脑海中有一个声音告诉我——这是真的，并用它冷酷理性的声音隔断了其余的杂音。

就好像我脑中有两个想法在争论不休。一个是刚才的那个声音，它清晰、利落、威严，而且总是正确的，它发言时，我会倾听，并依据它的决定采取行动。而另一套想法总会让我脑中浮现出一连串不相干的画面、回忆和希望。我仿佛进入了白日梦，伴着这些不相干的思绪,遵守那声音的命令去行动。我必须前往冰川。我可以在冰川上爬行，但还没想到那么远。如果说我的感官变得敏锐，那它们同时也变得更加狭隘，让我只想着去实现既定的目标，无法思考更长远的事情。抵达冰川就是我的目标。那声音确切地告诉我如何去做，我听从它的引导，而与此同时，另一套想法则让我出神地从一个思绪跳到另一个。

我开始单脚沿冰隙下方的坡面向下跳，斜着向右前进，好绕过正下方一处陡峭的岩石拱壁。经过它之后，我看到雪面平缓地向下延伸 200 英尺，直到冰川。我抬头看了一眼冰隙上方的冰崖。它已经成为一段模糊的回忆，直到我发现绳索挂在它右侧，才突然痛苦地意识到西蒙也看到了这条绳索。挂在冰上的这条彩色绳索消除了仍旧盘踞在我心中的所有疑虑。他活下来了，并且看到了冰隙。他没有去寻求救援，因为在离开时，他一定确信我已经死了。我把目光转回双脚，专注于向下跳跃。

第十章　意志游戏

　　雪很深，被阳光晒得发软。我把两只冰镐深深插在雪里，单脚急速跳起并下踢时，整个人用力撑在冰镐上。我只有一次机会，在下踢的同时安全地迈出一步。伤腿在雪面上方耷拉着，无论我多么小心，还是经常绊住它，或是在突然向下踢时拉扯到膝关节，痛得大叫起来。再次看向冰川时，我高兴地发现它离我站的地方只有大约80英尺，而且在我和斜坡底部之间也没有冰隙或冰后隙❶。不过，斜坡表面有些变化。我惊恐地看向下方几英尺处那些裸露的冰面。滑倒是难免的，在此之前我又向前跳了两次，因为知道自己会滑倒，早就做好了准备——刚跳上冰面，冰爪便滑开了，我左右摇晃，头朝下倒向右边，防风夹克和裤子像雪橇板一样搓着斜坡往下滑。两只高山靴掠过冰面嘎吱作响，两条腿撞在一起，带来剧烈的疼痛。我闭着眼，咬牙应对。这过程短暂且迅速，但也非常痛。

---
❶ 指移动的冰川冰与上方固定的冰层或雪层分离时形成的裂隙。

我撞在一个雪堆上，停了下来，一动不动地躺着。疼痛沿整条腿上下蹿动。受伤的右膝向后弯折，我想把左腿从上面移开，但只要一动，一阵可怕的刺痛便令我尖叫起来，只能保持不动。我抬起身子，看向双腿。右脚的冰爪卡进了左腿的绑腿，使膝盖向后弯折成扭曲的形状，这种扭曲在我的伤腿上早已司空见惯。我探身想把冰爪齿拉出来，膝盖上又是一阵刺痛。但如果身子不能弯得再低点，就没法把冰爪齿弄出来。最后，我用一只冰镐弄出了冰爪齿，然后把腿轻轻放在雪面上，慢慢伸直膝盖，直到疼痛退去。

　　离我停下的雪堆10英尺远的地方，有一串弯弯曲曲的脚印。我把自己拉过去后开始休息。这串脚印令人安慰。我看着它们深色的印记曲折穿过冰川，伸向远处的环形冰隙。冰川上的积雪如波浪般起伏，从我身边延伸向远方。脚印不时消失在波浪之间，又在下一个"浪尖"出现。我需要这些脚印，因为躺在雪地上，视野非常有限，如果没有脚印，我几乎不知道自己在往哪里去。而西蒙知道下山的路，他没有使用绳索，一定会走最安全的路线。我要做的就是跟着他的脚印前进。

　　我试了一阵子，才找到最好的爬行方法。在柔软的湿雪上很难滑动。我很快意识到，靠一个膝盖和两条胳膊朝前爬行太疼了。我向左侧躺，让受伤的膝盖远离雪面，一边拉两只冰镐，一边用左腿推雪面，用这种方式稳定向前。伤腿在身后滑动，像个讨人厌的累赘。我不时停下来，吃雪、休息，然后茫然地盯着上方修拉格兰德峰巨大的西壁，听着在脑海中回响的奇怪思绪。接着那声音打断了我的遐想，我内疚地瞥一眼手表，再次出发。

每当冰川上的热量让疲惫不堪的我昏昏欲睡时，那声音和手表就会催促我行动起来。已经 3 点了——白天只剩下 3 个半小时。我继续前进，很快就意识到自己的进展有多缓慢。虽然慢得像只蜗牛，但我似乎并不担心。只要服从那声音，就会没事的。我看向前方，留意到起伏雪面中的某处地貌，然后看看手表，那声音便会告诉我，要在半小时内抵达那个位置。我听从指令。有时，我发现自己有些懒散，坐在原地沉溺于幻想，忘了正在做的事，便会内疚地行动起来，努力爬快一些补回时间。那声音丝毫也不松懈。我神志恍惚，如机械一般自动爬着，因为那声音告诉我，必须及时抵达规定的位置。

我在雪原上一点一点挪动，倾听脑海中的其他声音：这会儿大家在谢菲尔德做什么？好怀念在这场远征之前我常去的那家哈罗姆❶的茅草屋酒吧。我希望妈妈像往常一样在为我祈祷。一想起她，热泪便模糊了双眼。和着爬行的节奏，我不断唱着一首流行歌，让无数思绪和画面填满脑袋，直到因为炎热而停下，摇摇晃晃地坐起来。那声音会说，来不及了。我便猛然惊醒，又开始爬行。我仿佛被一分为二：一部分冷酷又客观，评估着一切，决定该做什么，然后命令自己去做。而另一部分则很疯狂，那是一团生动真实的模糊图像，让我迷失在它们的咒语之中。我开始怀疑自己是不是产生了幻觉。

疲倦给这世界笼上一层薄雾。一切都以慢动作运转，思绪变

---

❶ 哈罗姆（Harome），位于英国北约克郡的小镇。

得如此混乱，我已经感知不到时间的流逝。停下时，我会找个借口，以免内疚。冻伤的手指成了最常用的借口。我得摘掉防护手套和里面的保暖手套，检查它们是否变得更糟。10分钟后，那声音把我拉回现实，我只能戴好摘掉一半的保暖手套，再套上防护手套，接着爬行。双手在爬行时总是深深插入雪中，冻麻时我会再次停下，盯着它们。我本想按摩一下双手，或是摘掉保暖手套，让阳光晒热它们，但只是茫然地盯着它们，直到那声音呼唤我。

两个小时后，环形冰隙已在身后。我逃出了修拉格兰德峰的阴影，跟着耶鲁帕哈峰南壁下一串呈月牙形的脚印前进。冰川积雪中延伸出一条冰隙，我沿着它破碎的一侧爬过。冰隙只有50英尺长，但我像一艘经过冰山的船一般绕过它，一边慢慢挪动，一边盯着裸露的冰，好像在随着洋流和它一起漂动。我凝视着冰崖，之前没能越过它，好像也并不奇怪。崖上破碎的冰形成种种图像，我不确定自己是不是真的看到了它们。各种杂音和那个威严的声音争论着，认为我真的看到了。那些图像让我想起某次躺在海滩上，在云中看到一个老人的头。但我的朋友看不到他，这让我很生气，因为即使我把目光转开，然后再看回云层，还是能看到那位老人，所以那里肯定有图像。它看起来很像文艺复兴时期西斯廷教堂里的一幅画，那个从天花板上伸出手指的白胡子老人就是上帝。

我在冰上看到的图像跟上帝没什么关系。很多都冻成浮雕状，有的只成形一半，在崖面上清晰可见。阳光在冰上投下的阴影和颜色让它们更加充实立体。它们都在交配。我一边入迷地看着冰中下流的图像，一边稳步爬行。我以前也看过这种图形。它们让我想起在印度教寺庙里看到的雕刻。图形混乱无序，或站或跪或躺。有些头脚颠倒，我必须歪着脑袋才能看清它们在做什么。这很有趣，也很撩人，就像我 14 岁时着迷的提香画中丰满的裸女。

过了一小会儿，我静坐在雪地里，把一只防护手套放在腿上，用牙齿咬掉里面的保暖手套。冰崖已经看不见了。之前我在看那些图像，现在我停下来检查手指，完全不记得在这之间自己做了什么。前一刻我还在看冰上的影像，下一刻又孤身一人，而那冰崖则已神奇地远在身后了。水晶般的冰雪粒飞喷过来，刺痛了我的脸。起风了。我望向天空，惊讶地看到一层厚厚的积云翻滚而来，遮住了太阳。又一阵风吹过，我别过脸。暴风雪要来了。这不知从何处吹来的寒风越来越猛烈地刮向我。我急忙戴上防护手套，转身面对脚印。

现在我不再那么茫然，那声音已经把疯狂的思绪从脑中驱散。随着紧迫感悄然蔓延，我听见那声音说："继续，向前……快些。你浪费了太多时间。在脚印消失之前继续向前。"我尽量加快速度。风把几丝云朵吹过前方的冰川。云在坡面上低低回旋，偶尔会挡住视线，让我看不到几码之外的地方。但只要坐起来，我便可以透过飞快掠过冰川的细细雪粉看向远处，那雪粉让冰川看起来仿佛呈旋涡状向前疾冲。我很好奇，人们看到我的头和身体从冰川上冒出来会怎么想。我侧身快速爬行，然后从暴风雪的屏障中探出头来，再次查看前方。空中飘着雪花。正在下雪！我的胃因为恐慌而紧缩起来。雪和风会盖掉脚印。那声音说我会迷路，说没有脚印我永远无法越过那些冰隙，它告诉我要快点，但我真正害怕的是在四周大山围成的空旷盆地上找不到生命的迹象。我很高兴能一直跟着脚印走，好像西蒙就在前面，我并非孤零零一人。而现在，寒风和落雪威胁着要只留我一个人在这里。我只能疯狂拨开一阵阵随风而来的雪，眯起眼睛看向前方迅速消失的脚印。

光线很快变暗。夜幕就要降临，风也越刮越大。我没再浪费时间让冻僵的双手暖和起来，着急地跟着因为落满雪花而不再明显的脚印前进，直到再也看不出它们的痕迹。天很黑。我挫败地趴在雪中。连续奋力爬行让我浑身暖和，即便躺着没动，感觉风把雪堆到我身上，也不觉得冷。我想睡觉，再也懒得动了。在雪地上睡也很暖和。暴雪会把我裹得像哈士奇一样，让我不再寒冷。我几乎睡着了，断断续续地打着瞌睡，但就要陷入黑甜的梦乡时，风总是把我吹醒。那声音催促我动起来，我试着忽略它，但做不到，因为其他声音都消失了。我无法逃进白日梦里避开那声音。

"……别睡，别睡，别在这里睡。继续前进。找个斜坡，挖个雪洞……不要睡。"

黑暗和暴风雪使我头昏脑涨。我不知道自己在雪地里前进了多久，甚至忘了自己身处四周都是冰隙的冰川，就这样盲目地一直向前爬。有一阵子我听到一声比风声还大的巨响，接着一波碎冰砸中了我，是耶鲁帕哈峰上的雪崩或塌掉的雪檐滚下了冰川。我感觉它砸在我身上，卸掉了强烈的冲击力，涌过全身。然后风声又回来了，我忘掉了雪崩，没想过自己可能面临危险。

突然，我向前翻滚，摔了下去。黑暗中，弄不清自己一下子滑到了哪里。等停下时，我转身看向掉下来的方向。头顶有一片积雪，我摸索着回到上面，用两只冰镐掘雪，单脚跳着，膝盖的疼痛让我叫了出来。

我忍着疲惫和疼痛挖雪洞。在积雪上挖掘时，不得不扭动身子把洞穴挖大，膝盖从一侧扭到另一侧，疼痛难忍。

有了挡风的地方，脑海中的其他声音又回来了。伴着众多声音唤起的种种画面，我打起瞌睡，又一下子惊醒，开始随着一首歌曲重复的旋律挖掘雪洞，不久又打起瞌睡，接着又被那些声音唤醒。

我伸手在登山包里摸索头灯，双手已经没有知觉。我从包里拉出睡袋，在里面找到头灯。借着头灯微弱的光，能看出雪洞的长度还不够让我伸展身子躺下，但疲惫使我无法继续挖掘。我探身去脱冰爪，这给受伤的膝盖带来难以承受的压力。失去感觉的手指拨不动鞋跟上的冰爪扣，我沮丧地痛呼出声，抽泣起来。抓不住冰爪扣，就没办法把冰爪从高山靴上拉下来，我弯腰让上身贴着腿，努力不让头撞上雪洞顶，因为疼痛和愠怒而大叫出声。我不再拉冰爪扣，只是静静坐着，直到想起可以用冰镐。冰镐很轻松地撬动了两只高山靴上的冰爪扣。我躺在雪洞里，打起了瞌睡。

似乎过了几个小时，我才把防潮垫铺上，艰难地钻进睡袋。我忍着剧痛，笨拙地举起伤腿往睡袋里塞。高山靴卡在了湿漉漉的睡袋上，膝关节猛地灼痛起来。把腿抬进睡袋时，我感觉伤腿非常沉重，僵硬粗笨，像缠人的小孩一样碍事，让我烦躁不已。就像一个原来任我驱使的东西，现在却顽固地拒绝服从我。

我已经听不到外面暴风雪肆虐的声音。睡袋末端露在入口外，偶尔我会感到风在扯动它，后来这响动也安静下来，因为雪盖住了我的脚，封住了雪洞。我看了一眼手表，10点半。我知道自己必须睡觉了，现在睡觉很安全，但我非常清醒。在漆黑一片的雪洞中，冰隙里的记忆又回来了，入睡因此愈发困难。膝盖上跳痛不止，很是煎熬。我担心脚会被冻伤，又想到手指，突然意识到，如果睡着了，我可能再也醒不来，所以一直睁着眼，盯着黑暗。我知道现在没必要害怕这些，因为天已经黑了，也做不了别的，但仍旧会忍不住心生恐惧。

终于，我陷入了无梦的昏睡。夜晚漫长寂静，暴风雪在雪洞外肆虐，疼痛和孩子气的恐惧不时侵扰我的睡眠。

我醒来时已经很晚了。阳光透过帐篷布照进来，睡袋里又热又不舒服。我一动不动地躺着，盯着圆形的帐顶。想来有些不可思议，昨天这个时候，我还在冰川末端的冰隙群中蹒跚穿行。乔已经死掉36个小时，感觉他好像已经离去好几个星期，但我们一起出发上山不过是7天前。体内有种空洞的疼痛，无法用食物填补。这种疼痛会随时间推移而退去。他已是一段模糊的回忆。奇怪的是，我无法在脑中勾画他的脸。所以，他走了，我没有办法改变这件事。我用麻木的手指摸索着松开睡袋拉绳，把它从身上扯下，走出帐篷，来到阳光下。我饿了。

理查德在做饭的石块那边，正忙着准备汽油炉。他看了我一眼，笑了。今天天气很好，是那种会让人愉快有活力的日子。我走到河床上，在一块巨石上小便。萨拉波峰耸立在面前，但它的壮美不再具有吸引力。我厌倦了这个地方，厌倦了这些美景，在这里没有意义。这里荒凉又毫无生机。我厌恶它的残忍，厌恶它迫使我做下的事，心里想着，是不是我杀了乔。

我情绪低落地在理查德身边蹲下。他默默递来一杯茶和一碗牛奶粥。我吃得很快，没怎么品尝味道。吃完后，便走回帐篷，收拾洗漱用品，前往河里的一处深水池洗澡。我脱下衣服，走进冰凉的水里，快速浸入水中。水冰冷刺骨，我不由倒吸一口气。刮胡子时，阳光晒干了我，温暖着我的后背。之后我洗干净衣服，查看脸上的晒伤，在池边待了很久。这是一场平和的净化仪式，我思考着过去几天发生的事，绝望逐渐消失。走回帐篷时，我已焕然一新。事情已经发生了，我尽可能做了能做的一切。好吧，他死了，我没有，但这不是折磨自己的理由。回去面对不可避免的批评之前，我得先在脑海里把一切理顺。我知道只有我接受了这一切，才可以讲给其他人。他们永远无法知道事情到底是怎样的，而即使是对亲近的朋友，我也很怀疑自己能否讲清一切。但只要我内心觉得没问题，就不必解释。治愈的过程已经开始。这一刻我是满足的。

回到营地时，理查德不在。我在帐篷里到处寻找药箱。它在帐篷后面，被乔的衣服盖住了。我先把药箱扔到帐篷外的草地上，开始查看乔的东西。15分钟后，我把一堆衣服和物品放在阳光下的药箱旁，然后坐在旁边，打开药箱，开始按部就班地用药：先吞下几片罗尼可，以改善手指的血液循环，防止冻伤加重。再吃广谱抗生素，以防止感染。接着是长时间的查看、清洁和检查。这一过程十分疗愈。仪式般的检查似乎向我证实了一件事——一切都恢复正常了。这是一种奢侈，是对心灵的抚慰。我的脚、手指、脸、头发、胸部和腿，一切都得到了治疗。

做完这些后，我转向那堆物品，开始整理。我把乔所有的衣服堆成一堆，物品在旁边摆成一列。我机械地做着这一切，内心平静。在一个塑料袋里有他用过的胶卷和一个变焦镜头。那是一个很大的袋子，我把所有想交给他父母的东西收在一起，放了进去。东西不是很多。

我找到了乔的日记。他几乎每天都写些东西，甚至在从伦敦飞来的飞机上也在写。他喜欢写东西。我粗略翻了一下，但没有读里面的文字。我不想知道他写了什么。他留下的攀登装备被我略过了。除了登山者，这些东西对任何人都没有用。我会把它们和我的装备一起打包带回家。我快速翻了翻他的衣服，很快找到了那顶黑白图案的羊毛帽，上面的绒球已经掉了。我知道他很喜欢这顶帽子，便把它也放进了袋子。帽子是捷克斯洛伐克产的，是在沙莫尼时，米里·斯米特送给他的，我不能把它烧掉。

理查德回来时，我刚整理完要给乔父母的东西。他带上汽油，我们去河床上烧衣服。裤子不好烧，只好用了很多汽油。

理查德本来建议把这些衣服给山谷下的少女和小孩。孩子们会很高兴的，因为他们的衣服都很破了，但我还是烧掉了它们。

烧完之后，我们回到做饭的岩石那边，静静坐在阳光下。理查德做了热乎乎的饭，一杯接一杯地煮茶。我们打牌或用便携音响放音乐。理查德去塑料袋里拿来了乔的音响，因为他的坏掉了。这一天就这样闲散地过去了。我们轻声交谈，聊到回家和未来的计划。空虚感仍然伴随着我，我知道自己永远也无法抹去负疚感，但现在我可以处理好这种情绪。

西蒙

第十一章　无情之地

我尖叫着醒来。雪洞里很亮，也很冷。噩梦慢慢平息，我想起了自己身在何处，这里不是冰隙。解脱感涌遍全身，我试着忘记这个梦，静静躺着，看着上方粗糙的雪洞顶。周围一片死寂，不知道暴风雪是否仍在雪洞上方肆虐。我不想动，漫长寒冷的夜晚过后，动起来一定很痛。只是小心翼翼地动了动腿，膝盖上立刻一阵剧痛。我茫然地看着自己呼出的白气飘向雪洞顶。

那个梦如此真实清晰，在梦里我以为它是真的。我看到自己又回到冰桥上，瘫靠在冰隙的墙上，呜咽着。我看到自己在哭，但没听到哭声，而是听到我在一遍遍背诵莎士比亚的一段独白：

唉，但是死去，前往未知的所在
眠于冰冷的牢笼中腐烂
拥有五感的生命本是活跃温暖

却要化为一抔黄土……❶

现在我醒了，很清楚自己在哪里，但这些独白仍在脑海中回响。我记得自己是在哪里学到它们的。10 年前，我鹦鹉学舌般背诵这些台词，在自己的房间一遍遍大声诵读，努力把每个单词完美地记下来，为早晨的中学普通程度文学考试做准备。我很震惊——从那时起，我就再没有读过这些句子，现在却仍然记得每个词：

……那愉快的灵魂

沐浴于火一般的洪流

或居于刺骨寒冷的冰笼

无影的风将其幽禁

猛烈地带它前往悬空的世界

无止境地四处飞旋……

我心情愉悦地对着四周寂静的雪喃喃念出台词，倾听雪洞里奇怪的音效，随后又暗自轻笑，背不下去时又从头开始背。我一直平躺在睡袋里，鼻子露在外面，现在变得更加大胆，大声吼出台词，惟妙惟肖地模仿劳伦斯·奥利弗❷的声音，已经忘记刚才在梦里这些词听起来有多可怕：

❶ 本段以及本章后文戏剧选段均出自莎士比亚作品《一报还一报》。
❷ 劳伦斯·奥利弗（Laurence Olivier），英国演员、导演、制片人。

……比起这无法无天的惨烈景象

或许还有更凄惨的状况

想象咆哮道：那太可怕！

最令人厌憎的人生

衰老与病痛，穷困甚或牢狱之灾

仍然犹如天堂

倘若比起对死亡的恐惧

　　我最后还是厌倦了这个游戏，静默再一次笼罩雪洞。欢闹的情绪消失，我觉得极度孤独又愚蠢，想到这些台词的含义和那个梦，差点落下眼泪。

　　风吹来的积雪埋住了脚。我试着把雪踢开，膝盖上的一阵灼痛让我大声痛呼。我挣扎着把湿漉漉的睡袋卷到小腿，不小心在头顶弄出一个洞。明亮的阳光一下子赶走了雪洞里的阴影，我立刻知道，暴风雪结束了，便伸手拿起冰镐，把洞顶剩下的雪清走。今天会很热，阳光迅速驱散了寒夜中的颤抖。我坐在没有顶的半个雪洞里凝望四周。斜坡在脚下延伸，汇入一条落满积雪的陈旧冰隙。冰碛地就在前方，但从冰川上无法看到它们。一切都是白色的，惊人地畅通无阻。暴风雪完全遮盖了我昨夜跟着走的脚印。视野范围内，冰川表面覆盖着起伏的洁白新雪，绵延向远方。

　　我慢慢把睡袋塞进登山包，用麻木的手指笨拙地卷起防潮垫。我意识到自己渴极了。如果说昨天我已经很缺水，那简直无法想象今天会是什么感受。我试着回想最近的水流在哪里，只记得在炸弹巷见过水，但那儿离这里有几英里。今天能走到，就算运气很好了。想到这个，我惊讶地发现原来一切都已计划完备。我不记得自己有意识地想过要花多久才能到达营地，但毫无疑问，我确实思考过了，因为我已经不抱有今天能走到炸弹巷的希望。脑袋里似乎有些奇怪的变化，我记不清楚前一天事情发生的顺序，只想起一些互不相连的模糊片段——裂缝中的空心雪面，那束太阳光，暴风雪中的雪崩，从斜坡上掉到我挖雪洞的地方，还有显现下流图像的冰崖。但其他记忆都消失了。是因为缺乏食物和水吗？我有几天没吃没喝？三天，不，两天三夜！天啊！这想法令人震惊。我知道在这个高度，每天至少需要消耗一升半的液体才能对抗高海拔的脱水，我是在空耗自己。食物不是该担心的事，我不饿。虽然肯定消耗了巨大的能量，但身体中还有存余。不过我感觉舌头又厚又僵，一直粘在上颚上，让我很害怕。阳光把周围的雪蒸出水的气味，我几近恐慌，吃雪会短时间缓解口干舌燥，但我不敢去想体内的状况。吃再多雪，也不可能让你不需要液体。我看着雪面延伸向远方，感觉无论自己潜意识做了什么计划，似乎都没有用。我不会成功的。

天啊！这就是结局吗？为了喝到水而爬，直到再也爬不动……

我沿着斜坡滑下去，开始朝远离雪洞的方向爬。我想尽量在中午前爬到冰碛地，到时候再看情况。坐在冰川上思前想后并不会让我前进更远。或许不会成功，或许会，只要继续移动、做事，我就不在乎那么多。干等着死亡到来太可怕，也太孤独。

我小心地爬行。因为没有脚印可以跟随，所以努力保持方向至关重要。我知道左边的冰隙数不胜数，而且很宽，便挨着耶鲁帕哈峰下蜿蜒的冰川右岸前行，不时用没受伤的脚晃晃悠悠地单脚跳起，探看前方。视野因此开阔，眼中的风景令人赞叹。我能看到前方足够远的地方，找到记忆中那些独特的冰隙。之前我们出来适应性行走时，见过它们。然而，意料之外的冰隙令人不安又恐惧，让我精疲力竭，我越来越意识到自己爬行时有多么渺小脆弱。

一小时后，我终于说服自己尝试行走。在身后平滑拖动的腿似乎没那么疼了。我突然想到，膝盖上可能只是有些肌肉撕裂，而现在，一夜的休息，外加腿受伤已过多时，也许它已经恢复到足以承受我体重的程度。我站起来，用没受伤的腿撑住体重，右脚轻轻放上雪面，慢慢在脚上加力，有些疼，不过可以忍受。我知道这会痛，但只要有决心，我认为自己可以用它走路。我撑住自己，重心放在右腿上向前迈步。关节里有什么东西在扭曲滑动，骨头发出难受的嘎吱声。

我趴倒在雪地上，不确定自己有没有昏过去，只觉得胃里一阵恶心，喉咙发堵，喘不过气来，一阵干呕。膝盖灼烧剧痛，我一边抽泣，一边咒骂自己愚蠢至极。我好像又把它弄断了。冰冷的雪像在咬啮我的脸颊，让我不再头晕。我坐起来，吃了些雪，洗去口中苦涩的胆汁味道，之后便有气无力地趴坐在地上。刚才站起来时，我看到延伸向冰碛地的最初几条冰隙已经近在100码的地方。但因为不能走路，我只得爬过支离破碎的部分，无法看到前方更远处，以确定路线是否正确。不过我本来也不确定路线。

我记得我们曾绕出一段复杂的路线，好穿过我和冰碛地之间150码的平行冰隙区。我们当时还不时跨越冰隙上的狭窄雪桥，也经常攀上陡峭的矮坡，好避开裂开的洞口。我怀疑自己能否控制好身体，向下爬过这些障碍。

我躺在登山包上，盯着天空。本能尖叫着反对我尝试穿越，但大脑又想不出其他办法。我机械地吃雪，陷入白日梦中，继续前进在所难免，而我却在逃避做出决定。天空中没有云，也没有鸟儿，我睁着眼睛，躺在那里，心不在焉地胡思乱想，只是从不想自己身在何方。

那声音穿透思绪："行动起来……不要躺在那里……别打瞌睡……动起来！"我原本正漫游在流行歌歌词、过去见过的面孔，以及没有价值的幻想中，现在顿时惊醒，立刻开始爬行，努力加快节奏，好减轻良心的负疚感，也不再去想那些冰隙可能带给我什么。

我不时停下，站起来检查路线，慢慢进入冰隙区。遇到平滑雪面上的凹陷，便紧张地从一边转向另一边。回头看时，我发现自己爬行的痕迹十分曲折，有时疯狂转圈，有时呈"之"字形回转，直通昨晚睡觉的光滑坡面。就像在迷宫里一样，起初我以为自己知道要往哪里去，最后却意识到，我已经彻底迷路了。冰上的裂口变得更加扭曲，数不胜数。我站起来，看到许多破碎的裂缝和被雪覆盖的空心洞穴。我脑海中有张模糊的地图，但完全无法判断自己在其中哪个位置。每认出一条冰隙，只要再看一遍，便会发现自己认错了。每条冰隙只要我再看一眼，它的形状就会改变。

我努力集中精神，结果却头昏脑涨。我越来越害怕掉入冰隙，这感觉让我疯狂地猜测穿过迷宫的最佳路径。而越努力，处境就越糟糕，最后整个人接近歇斯底里。该走哪条路，该走哪一条？那边……可到了那边，我发现自己只不过爬到了一个死胡同，被另一条可怕的冰隙阻挡。

来来回回的爬行之间，时间似乎流逝得很慢。我一次次穿过自己爬行的痕迹，忘记刚才看到的位置，直到冰隙又出现在面前，仿佛在嘲笑我。内心有个声音在抗拒跳过较小冰隙和狭窄裂口的诱惑。以前我会毫不犹豫跳过去，但现在不敢冒险用单腿跳。即使跳过冰隙，也有可能立刻不受控制地滑进前方平行的开口裂缝。

紧张和疲惫让我瘫倒在两条冰隙间的狭窄雪桥上。我侧躺着，凄凉地看着窄桥延伸向远处。这座雪桥似曾相识，但我想不起来是哪里感到熟悉。我看到雪桥变窄，不由陷入绝望，以为自己又得退回去。之前我已经靠近这座雪桥好几次了，但现在感觉它有些不同寻常。前几次，因为害怕两边的豁口，我都不敢站在这段狭窄的雪面上。我坐起来，全神贯注地在前方雪面上寻找记忆中的地标。雪桥似乎转向左边，汇入坡面。只有站起来，才能肯定内心越来越兴奋的感觉没有错。我撑着冰镐，试探地直起身子，剧烈摇晃着，感觉很不稳。

越过雪桥，我看到那边平坦雪坡上一块巨石的黑色轮廓。那是冰碛地的起始。我回到雪桥上，小心翼翼地爬向它最窄的地方。雪桥向左弯曲处通向被雪覆盖的冰碛地。再也没有冰隙了。

我靠坐在一块巨大的黄色岩石上，凝视着自己从冰川上下来的痕迹。它们在破碎的冰中狂乱地穿行，就像一只巨鸟在雪地上四处跳动觅食。体力彻底耗尽。现在我可以看清那条显而易见的路线，突然觉得自己竟然爬出这样一条凌乱的路线，真是十分可笑。

愉快的心情中掺杂着异常的兴奋，一波波微弱的颤抖掠过全身，让我确信自己能平安爬过来属实非常幸运。冰川在眼前闪闪发光，起伏延展，轻缓的起伏如同海浪翻涌。我揉了揉眼睛，再看过去，眼前的景色有种模糊感，而当我转身去看通向湖泊的凌乱黑色冰碛地时，发现那里看起来也很模糊，无法聚焦。越揉眼睛，视野便越模糊，剧烈而刺痛地灼烧感让泪水模糊了我的视线。是雪盲 ❶！

"该死！怕什么来什么！"

从冰崖上掉下来摔断腿时，我的墨镜就碎了。而过去的两天两夜，我都无法摘下隐形眼镜。我使劲眯起双眼，透过最小的缝隙看去。看向冰川上炫目的光时，双眼难以忍受地灼痛起来，大滴眼泪滚落脸颊。黑色的冰碛地看上去要柔和一些，透过眯起的眼皮就能很好地聚焦。我笨拙地挪到巨石的另一边，面对冰碛地。这一小段单脚跳证实了我害怕的事——这里比冰川难走。

我懒洋洋地靠在岩石上，在阳光下感受着奢侈的温暖与轻松。我允许自己休息好之后再去尝试冰碛地，结果立刻打起瞌睡。半小时后，那声音粗鲁地打断我的平静，闯入我的梦乡，好似遥远

---

❶ 指强烈紫外线对眼角膜和结膜上皮造成损害引起的炎症，发病时会视野模糊，眼睛红肿流泪等。

的流水潺潺声，不断传递着我始终都无法忽视的相同的讯息："快，醒醒！还有事要做……还有很长的路要走……不要睡……快。"

我坐起来，脑中一片混乱，盯着身边延伸出去的大片深色岩石。有那么一会儿，觉得自己迷失了方向，不知身在何方。

这么多岩石！在雪地上过了这么多天后，这些岩石显得很奇怪。登顶之前，我从没见到这么多岩石。那是多久之前的事了？我糊里糊涂地算了几次，才弄清楚。是四天前！对我来说这毫无意义。四天，六天，又有什么关系？一切似乎都没有改变。我在群山之中待了这么久，感觉自己一定会被留在这里，半梦半醒，偶尔在严酷的现实中醒来，想起自己为什么来到这里，然后又回到舒适的幻梦中。岩石！冰碛地。当然了！我靠回巨石上，闭上双眼。那声音不停呼唤我，它不断给我指令，重复着必须做的事。我靠在那里听着，反抗服从的本能，我只想多睡一会儿，但还是没能成功，服从了它的命令。

为自己做心理建设时，有首歌一直在脑中播放。我发现自己能把歌词唱得一句不差，但很确定以前只能记住副歌部分。我一边小声哼唱，一边把湿漉漉的睡袋铺开在巨石上，心里十分满足，觉得这肯定是个好兆头：我的记忆力还很不错。我把登山包里的东西都倒在旁边的雪地上，依次检视。浅浅的小锅和炉子放在一边。我没有燃气了，所以便把炉子放进装睡袋的收纳包里。我摘下头盔，脱掉冰爪，把它们塞进红色的小袋子里。锤头冰镐和安全带正好也能装进去。这样就只剩下头灯、相机、睡袋、冰镐和锅。我从雪地上拿起相机，考虑把它也放进袋子里。从顶峰下来后，我就取出了胶卷，所以相机没用了，可一想到自己好不容易才在一家二手商店找到这个相机，就又把它放进了登山包。我把睡袋和头灯塞在最上面，然后合上包。闪闪发光的小铝锅架在巨石顶上两块小石头中间，阳光照得它闪闪发亮。我把红色的收纳袋放在巨石底部，满意地坐了回去。把东西整理得井井有条感觉真好。

收拾完毕时，脑海里已经换了一首歌，那是一首我很讨厌的歌。它反复吟唱，不知怎么回事，我就是没办法把它从脑中赶走，于是只好烦躁地开始收防潮垫，试着忘掉这些歌词。"圆圈里的棕皮肤女孩……哒啦啦啦……"❶一部分的我下意识地执行着任务，仿佛有人告诉我该做什么，另一部分的我则在脑中不断哼唱着无意义的愚蠢歌曲。

我在旁边的雪地上展开黄色的泡沫防潮垫。它比我以为的要长太多。我试着把它撕成两半，发现垫子结构紧实，十分牢固，便用冰镐头在上面划出一道粗糙的线。再次试着撕开时，它沿切口间的锯齿线裂开了。我在膝盖周围包了两圈防潮垫，尽可能拉紧，刺痛感让我龇牙咧嘴。然后，我用冰爪的一根绑带把防潮垫紧紧绑在大腿上，用麻木的手指努力收紧它，再用另一根绑带绕着小腿，把它牢牢固定到位。我抬起腿，高兴地发现膝盖保持竖直不动，但垫子从膝盖处滑开了。我又用登山包上的两条带子加固夹板，在靠近膝关节处一上一下绑紧，之后筋疲力尽地靠回去。拉紧膝盖上的绑带时，我不由尖叫起来，但渐渐地，膝盖上持续的压力

---

❶ 西印度群岛的传统儿歌，源自牙买加的一种儿童游戏，游戏时大家会唱起这首歌，手拉手围成圆圈，让一个女孩站入圈中跳舞。

让疼痛减轻，化作一阵阵跳痛。

我站起来，重重倚在巨石上，一阵头晕袭来，促使我更用力地抓住岩石，避免摔倒。头晕缓解后，我背上登山包，从雪地上捡起冰镐。冰碛地如同巨石的洪流，从我脚下翻滚而去。我知道在冰碛地的靠上区域，岩石的体积都很大，然后会渐渐变小，在湖泊附近变成碎石。爬行是行不通的。我也无法步行，所以只能单脚跳。

第一次尝试，我脸着地摔倒，额头在一块巨石锋利的边沿上磕破了，膝盖狠狠扭在身下。我尖叫起来，痛楚减轻后，又试了一次。右手的冰镐还不到 2 英尺，并不适合做手杖，我把它小心地放在地上，像一个得了关节炎的退休老人一样弓腰驼背倚在上面。靠着冰镐的支撑，我向前抬起使不上劲的右腿，让它垂在和左腿平行的地方，然后用冰镐撑住自己，用力向前猛跳。但因为用力过猛，我摇晃着努力让自己不要又脸着地摔倒。总共只前进了 6 英寸！我再次尝试，又重重摔倒。疼痛平息的时间越来越长，等再次站起来，我能感觉到膝盖在夹板下痛得火烧火燎。

前进 10 码后，我成功完善了自己单脚跳的技术。这么做并不高效，我也因此大汗淋漓。我已经弄清楚，最好别把伤腿放在左腿前面，这样就不需要用力猛跳，而是可以摆荡身子前进，保持平衡。在前进那 10 码时，我每次跳都摔倒，但最后已经可以跳出两倍远的距离，并且仍然保持身体直立。我想起自己在穿过山脊和爬出冰隙时采用的前进模式，全神贯注于相同的技术，把跳跃分解成几个明确的动作，然后一丝不苟地重复它们。放好冰镐，向前抬脚,撑住,单脚跳;放好冰镐,抬——撑——跳;放——抬——撑——跳……

我从1点开始沿冰碛地往下走,天黑前还有5个半小时。放——抬——撑——跳。我需要喝水。走不到炸弹巷了。放——抬……继续重复,直到能无须思考,自动向前单脚跳。每次摔倒,我都退回去一些,这是不可避免的。冰镐柄会从松动的岩石上滑开,让我在单脚跳起之后摔倒,或是落脚在碎石上,侧身摔进巨石里。我试着保护膝盖,但没有用,我的腿没有力气,无法把膝盖安全地拉到一边。摔倒时,膝盖总是被完全压住,或是狠狠撞在岩石地面上。每一次,剧痛都不会减轻,但出于某种原因,我恢复的速度急剧增快。摔倒时,我不再尖叫,因为发现叫不叫都一样。尖叫是为了让别人听到,而冰碛地根本不关心我的抗议。有时我太过疼痛和沮丧,会孩子气地哭起来。更多的时候我只是干呕,从来没有吐出来过。我已经没什么可吐的了。两个小时后,我转身看向自己来的方向,远处冰川像个脏兮兮的白色悬崖,实实在在地证明着我已经下去多远,这让我不由精神大振。

那声音不断催促我:"放——抬——撑——跳……继续向前。看看你已经走了多远。去做吧,别多想……"

我听命行事。跌跌撞撞地从巨石旁边或巨石上面跳过,摔倒、哭泣、喋喋不休地咒骂,配合着跳跃的模式。我忘记了自己为什么这么做,甚至把我有可能不会成功的念头也抛到脑后。我从未怀疑过心中的本能,而是根据本能行事,在冰碛地之海漂流而下,在口渴、疼痛、不断地跳跃中陷入一种谵妄之中,同时又十分认真地为自己规划时间。我会看向前方的一个位置，给自己半小时抵达那里。接近目标时，便开始使劲看手表，直到这也变成模式的一部分……放——抬——撑——跳——看时间。如果发现自己落后于计划中的时间，我会努力在最后 10 分钟加紧跳跃。加快速度会让我摔倒更多次，但追上时间变得非常重要。只有一次我没能赶上，恼火地哭了起来。手表变得和没受伤的腿一样关键。我失去了对时间的感知，每次摔倒都会半昏迷地躺着，承受疼痛，完全不知道自己躺了多久。看手表会激励我开始行动，尤其是当我看到已经过了 5 分钟，而感觉上却只有 30 秒时。

巨石让我感觉自己很渺小。冰碛地像冰川一样毫无生机，到处都是和岩石一样的土褐色：泥巴、石块、脏兮兮的碎石。我想找找昆虫，一只也没有，也没看到一只鸟。这里很安静。在前行模式和那声音之外，我的想象从一个无意义的想法狂热地漫游到另一个。歌曲在脑中回响，躺着的石头上出现各种图像。岩石之间有一片片积雪，雪里都是沙砾，很脏，但我不停地吃雪。水让我痴迷，疼痛和水就是我的全世界，除此之外，再无其他。

我听到岩石间有涓涓水流声。听到过多少次了？又一次摔倒后，我趴在地上，还是能听到水流声。我侧着身子一点一点挪动，声音变大了。我感觉自己贪婪地笑了——"这次的水会很大。"每次我都这么说，但每次都是渗进泥巴的细流。我又往右侧一块破碎巨石那边移动了一些。在那儿！——哈哈！我就说有！——一条银色的细线从石块侧面滑过，和鞋带一样粗，但比别处的水流都大。我趴着挪过去，专注地看着水流。我得考虑一下。

"别碰它！它可能又会渗下去。"

我用手指戳进满是沙砾的泥巴，水蓄在手指戳出的洞里，继续流动。

"啊！有了！"

我格外小心地拓宽小洞，直到它变成一个茶碟大小的浅坑，水光闪闪发亮。我弯下身子，噘起双唇，贪婪地吮吸，鼻子碰到水面，有点发痒。水里全是沙砾，只够喝半口。我用水在嘴里漱了一圈，感觉它让上颚和舌头分开了，想着如果在嘴里转一转，而不是吞下去，是不是就能更好地吸收水分。这是个愚蠢的想法，但我还是这么做了。茶碟小坑蓄水很慢，半满时，我便一口吸干，结果吸进了太多沙砾和泥巴，它们卡在喉咙里，令我剧烈地咳嗽起来，把宝贵的水又吐回小池，毁掉了茶碟。

我修整好小池，可水再也不肯填满它。我挖了一个更深的洞，里面很干，水已经渗下去了。我没有猜测它可能去了哪里。在下次找到水之前，没有水喝了。那声音打断了我，我摇摇晃晃地站起来。

下午天气晴朗。今夜不会再有暴风雪，天空会保持晴朗，缀满繁星。没有云，天会很冷。我看向前方，寻找一个地标，看到冰碛地在 50 英尺开外猛地向下落。我立刻认出那里。冰碛地下方的冰突出来，形成了那处陡峭的冰崖。之前上山时，我们就是在经过这些冰崖后，把理查德留下的。我正挨着冰碛地右岸，这里的巨石分布没那么凌乱。陡峭而光滑的断崖从这里俯冲向下，上面嵌着石块。泥巴下是玻璃般光滑的冰，有 80 英尺高。我想起来了。因为阳光融化了冰面，很多大石块变得不稳，为了避开它们，我们爬上来的路线很是曲折。我已经到了冰崖这里，不由异常兴奋，它们是有可能令我丧命的最后障碍。一旦越过悬崖，我就只需继续爬行，不会再有冰隙或断崖威胁我的安全。我给自己规定好时间，然后蹒跚走向冰崖顶端。

　　我坐在从冰崖往下的路线的起点，试着评估最好的下降方法。我应该面朝外坐着，然后挪下去，还是趴着，借助冰镐爬下去？我后悔把冰爪留在了上面，一只冰爪就能改变一切。我决定面朝外，坐着下去。这样至少能一直看到自己在往哪里去。

　　下到冰崖一半时，我开始得意起来，这很简单。我刚才到底在怕什么？答案突然揭晓，手上握着的岩石松了，我猛地侧身滑了下去。我在泥泞的冰面上乱抓，想抓住嵌在里面的石块，随后又翻身把下巴压在冰上，不停用头撞冰面，不顾一切想减慢下滑的速度。突然，下滑停止。左脚高山靴卡住了一块岩石边缘。我剧烈地抖个不停。

　　我在岩石中跛行，几次回头看向冰崖，每一次它们都显得更小。我感觉自己正关上一扇门，门里的东西是无形的，却威胁了我很久。那些冰崖就像是山的大门。我看着它们，咧嘴一笑。我打赢了一场战役，内心深处充盈着胜利感。现在只剩前进模式、疼痛和对水的渴望。今晚能到炸弹巷吗？走到那里才值得我大笑！那儿离这里不算很远，只需要步行 20 分钟，不会很难的！

　　我错了。我不再用地标计时，只把注意力放在炸弹巷和从它侧面涌出的冰融水的银色涓流上。天色变黑，我仍不知道离炸弹巷有多远，也不知道自己爬了多远。每次摔倒后，我都不看表，只是筋疲力尽地愣愣躺着。在原地不动，感受着疼痛，倾听无尽的故事，观看关于现实生活的短暂幻梦，和着心跳在脑中播放歌曲，舔食泥巴中的水，在空洞的梦中浪费了数不清的时间。天黑了，我在一片漆黑中摇摇晃晃地走，一心想着炸弹巷，忽视了那让我睡觉、休息、忘掉炸弹巷的声音。我从包里拿出头灯，继续跌跌撞撞地前行，直到头灯熄灭。这个夜晚看不到月亮，星星在空中组成种种明亮的图案，在冰碛地上洒下闪闪微光。

10点，我绊倒了，重重摔在岩石上。3个小时前头灯灭掉后，我几乎每次跳跃都会摔倒，我很清楚自己这段时间只前进了几百码。现在，我站不起来了。我试过，但不知怎么回事，无法使出足够力气站起来。超负荷的感觉让我停了下来，那声音占了上风。我艰难地钻进睡袋，立刻陷入睡眠。

第十二章　时间告急

我把睡袋铺在帐篷顶上，走到做饭岩石下的阴凉处。昨天的极度疲倦感已经消失，苦难留下的唯一证据就是发黑的指尖。我已经忘记它们被冻伤了，因而在拨不动汽油炉的小栓时，很是惊讶。理查德把炉子从我这里拿走，点燃了。他准备早餐时很安静，我能感觉到他在想什么，但选择闭口不谈。昨晚他提出想返回利马，我们没理由留在营地，而他接下来五天内必须续签签证。我告诉他，我还需要休息恢复体力。昨晚确实如此，但现在不用了，我已经完全复原，胃口大开便是证明。理查德肯定注意到我的状况在好转。

然而，痛苦的感受并未减弱。离开这里能让我摆脱那个不断指责我的存在，利马的混乱喧闹也会抹去每次我一个人在营地时承受的压抑寂静。我知道应该走了，但下不了决心。群山束缚着我，有什么东西在阻止我离开。我不怕回去承担自己行为的后果，我做了正确的事，没人能质疑我的信念——我和乔一样都是受害者，活下来并不是罪过。那为什么不走呢？我凝视着萨拉波峰白色的漫漫冰坡。也许明天吧……

"感觉好些了吗？"理查德打断我的思绪。

"对。好多了。现在只有手指的问题了……"声音越来越小，我盯着手指，焦虑地避开他的眼睛。

"我觉得我们该走了。"

我原本以为理查德会慢慢聊到这个，他的直截了当令我吃惊。

"什么？是的。我想你是对的。只是……我还没准备好。我……"

"留在这里也没什么用。不是吗？"

"对，可能没用。"我又把双手举高了些，紧紧盯着它们。

"那就好，我觉得应该想想怎么安排驴队。斯宾诺莎在下面的小屋里，我可以下去和他商量一下。"

我什么都没说。为什么这么抗拒离开？留在这里不会有任何收获。这么做太蠢了。为什么……

"听着，"理查德柔声说，"他不会回来了，你知道的。如果有一线生机，你昨天就会再上山的。对吧？所以别想这个了。还有很多事要做。我们得通知大使馆，还有他的家人，还要处理所有的法律手续，预订航班之类的。我觉得该走了。"

"也许你可以先走。我晚点再跟去。你去告诉大使馆，办好签证。我过几天就跟去。"

"为什么？跟我一起下山吧。这样比较好。"

我没有回答。他站起来，走向他的帐篷。出来时，手里拿着放钱的贴身腰包。

"我现在下去找斯宾诺莎。我会想办法说服他今天找时间带驴队过来。如果中午出发，今天就能走到瓦亚拉帕村。如果他安排不开，我就让他明天早上早点来。"

他转过身，出发前往山谷脚下的小屋。他开始穿越河床时，我起身追着他喊道：

"嘿！理查德！"他转身看着我。"你说得对，"我接着说，"让斯宾诺莎明天带驴子上来吧，今天算了。我们明天一早就走。好吗？"

"行，好吧。回头见。"

他转过身，脚步轻快地穿过干涸的河床。两个小时后，我煮好茶，看到他回来了。他递给我一些从女孩们那里买来的奶酪，我们坐在阳光下的防潮垫上开吃。

"他早上6点到。"他说，"但你知道他们没什么时间观念。"

"好。"

我很高兴自己做出了决定。想到要做的事，徘徊不去的种种忧虑便离我而去。确实有很多事情要做，我们要徒步两天，还要拆除营地，打包成相同重量的包裹。一头驴子能背多少公斤来着？每边两个20公斤的包？无所谓。下山的行李只有原先一半重，但还是得付给斯宾诺莎相同的钱。或许可以商量用物品抵扣。这里有很多他想要的东西：绳索、锅、折叠刀。没错，可以用这些东西和他讨价还价。然后我们要在卡哈坦博 ❶ 订车票，告诉警察我们要返回利马。问题来了！他们会想知道乔的事。不要告诉他们。这样可以避免很多压力。可以等到了利马再做这些事，到那边后，大使馆会帮助我们。我得给乔的父母打电话。上帝！我要说什么？就告诉他们他掉进冰隙死掉了，回去之后再给他们讲整个过程。对，这是最好的方式。我希望能坐早一些的航班回去。我不想在利马待太久，也不打算去玻利维亚了。乔之前想去厄瓜多尔，而我想去玻利维亚。现在我们都不会去了，真是讽刺。

"嘿。"我抬起头，看见理查德在大圆帐后面一块巨石边弯着腰。

"怎么了？"

"去修拉峰之前，你没有把钱藏起来吗？"

"天啊！我忘了这件事。"我站起来，急忙跑到他站的地方。"不在这里。我把钱藏在燃气罐附近一块石头下面了。"

我们在放燃气罐的地方搜索，但没有找到。我绞尽脑汁地回想自己到底把那个小塑料袋放在了哪里，里面包了200美元。

"可能在那边。"我嘀咕着，有点拿不准。理查德突然大笑起来。

"这可太棒了！如果我们找不到钱，就很难回到利马了。加油，你肯定记得藏它的地方吧？"

---

❶ 卡哈坦博（Cajatambo），秘鲁中南部城市。

"对，嗯，我以为我记得，但不太确定。已经是一周前的事了！"

说着，我在燃气罐储存处的后面认出一块石头，我把它拿起来，下面躺着那袋钱。

"找到了！"我得意地喊着，把袋子举过头顶。

理查德从一块巨石后面跳了起来。

"谢天谢地！我差点以为是那些孩子拿走了呢。"

然后他去做饭了，我数了数钱，看还剩多少：195美元。足够了。我想知道我们会在城里待多久，跟大使馆和警察一起处理各项事务，一定会有很多浪费时间的官僚程序。

"乔的钱怎么办？"我突然说，理查德停下搅拌锅中食物的手。

"什么钱？"

"嗯，他也把钱藏起来了，记得吗？"

"他没跟我提过。"

"他肯定跟我说过。事实上，当时他非要让我知道。拉我过去，给我看钱藏在哪里。"

"那去把钱拿出来。"

"不行。我忘记那个地方了。"

理查德大声狂笑。我也大笑起来，惊异于自己说的话。在这里的最后时光，我无意识的幽默感让我自己也十分惊讶——我说到"乔的钱"时，完全没觉得那跟他有什么关系。昨天，我烧掉了关于他的记忆。那些钱只是钱而已，不是他的。是我们的，如果真能找到的话。

"他有多少钱？"

"挺多的。反正比我的多。"

"那最好找到它。我可不会留 200 多美元在石头下面发烂。"

他起身走到燃气罐那边，开始在周围的巨石下查看。这次轮到我大笑起来。

"你到底在干什么？你根本不知道他藏在哪里，这里有成千上万块该死的石头。"

"有更好的建议吗？你可是那个忘掉藏钱位置的人。"

"我们要有计划地找。肯定不在燃气罐附近，这是肯定的！"

我走到一片都是巨石的区域，试着寻找一处可以唤起记忆的地方。在我看来它们全都一个样。我分区搜寻这片区域，直到确定钱不在那里，然后挪去另一片巨石区域寻找。理查德默默站在一边，狡黠地笑着。一个小时毫无结果的搜索之后，我停下来，看向他。

"来吧。别只是站在那里。帮我找。"

一小时后，我们还是没有找到那些钱，只好闷闷不乐地坐在炉边喝茶。

"看在上帝的分上，它肯定在某个地方啊！我知道他把钱放在某块巨石附近的一块小石头下面了，离大圆帐不超过 10 码。"

"就像你说的，这里有成千上万块石头。"

我们一边喝茶一边争论不休，间或继续搜索一番，但没有结果。4 点，两个女孩带着两个小孩来到营地。我们停止搜寻，假装在收拾营地。他们悲伤地冲我微笑，我发现他们让我很不安。理查德下去和斯宾诺莎安排驴子的事时，向他们告知了乔的死讯。看到他们表现出悲伤，无忧无虑、阳光明媚的下午似乎突然变得乌云密布。他们激怒了我。他们有什么权利感到悲伤？我经历了那一切，并且不想再被提醒。

理查德给他们煮了些茶，他们蹲在炉子附近看着我，毫不掩饰眼中的好奇，就像我们第一次见面时那样。那感觉就像他们在检查我有没有不堪重负，我把他们的沉默当作怜悯。两个小孩张嘴盯着我。我心想他们是不是在期望我突然做出什么惊人的事，年长一些的那个女孩和理查德简短地交谈了几句。我听不懂她的话，但看到理查德气得脸色发青。

"他们想知道我们会给他们什么！"他简直难以置信。

"什么？"

"就是这样。他们没有问乔的事。他们根本不在乎！"

我们说话时，两个女孩在聊天，偶尔对我或理查德笑一笑。诺尔玛伸手开始翻看烹饪器具时，我爆发了。我挥动手臂，跳起来。诺尔玛丢下煎锅，惊恐地看向格洛丽亚。

"走开！走！去。快走。滚！"

他们一动不动地坐着，茫然不知所措，似乎一点都不明白，满心困惑。

"来，理查德。你告诉他们，快点，不然我就要动手了。"

我怒气冲冲地转身离开帐篷，几分钟后，看到女孩们帮小孩骑上骡子，沿着山谷下山了。回到帐篷，我气得浑身发抖。

夜幕降临，大滴雨点落下，拍在帐篷上。我们退回大圆帐，在入口处的煤气炉上做晚饭。雨变成湿漉漉的大片雪花，我们拉上帐篷拉链。明天驴子来了，就能离开这个地方了。我感觉松了口气。大约 7 点，乌云密布的山谷中传来一声奇怪的哀号。

"那是什么声音？"

"狗吧。"

"好怪的叫声，该死的狗！"

"你肯定觉得奇怪。你们在山上的时候，晚上我还听到过比这奇怪得多的响动。经常吓得我魂飞魄散。"

我和理查德玩了会儿纸牌，然后吹熄蜡烛，准备睡觉。我想起雪落在修拉峰下冰川上的样子，那空洞的疼痛感又卷土重来。

西蒙

我睁开双眼，闪耀的阳光十分刺目。泪水溢满眼眶，模糊了视线。我闭上眼睛，感受自己的状态。又冷又虚弱。天还早，阳光不很暖和。锋利的石头透过睡袋湿透的布料压向我。脖子很痛。昨天，我是在两块石头中间歪着头睡的。仿佛没有尽头的夜晚终于过去。我基本没有睡着。一次又一次猛烈的摔倒，对伤腿影响很大。打瞌睡时，一阵阵抽痛始终惊扰着我的睡眠。有一次，大腿和小腿的肌肉抽筋，我猛地扭动，弓身按摩伤腿，痛苦地哀号起来。抽搐般的疼痛持续不断，我难以入睡，便躺在自己倒下的岩石裂缝上盯着夜空，浑身颤抖。群星挂满夜空，间或闪过流星。

我意兴阑珊地看着它们闪耀而过，直至消失不见。随着时间推移，我感觉自己要被再也无法站起来的念头击垮了。我一动不动地躺着，仿佛被钉在了石头上。麻木的疲倦和恐惧令我不堪重负，头顶群星密布的黑色夜空仿佛正无情地将我压在地上。整晚大多时间我都大睁着眼，盯着永恒的星空。时间似乎冻结了，滔滔不绝地向我诉说何为寂寞和孤独，让我不可避免地认为，自己再也动不了了。我感觉自己仿佛在那里躺了几个世纪，等待着永远不会升起的太阳。不知不觉间，我会睡着几分钟，但醒来又会看到相同的星空，产生同样的无法回避的想法。没有经过我的准许，这些想法便开始同我说话，窃窃私语，向我传播恐惧。我知道那都是不真实的，但无法置之不理。那声音对我说，来不及了，时间告急。

此刻，我的头沐浴在阳光下，身体则被左边一块巨石遮住。我用牙齿把睡袋的抽绳拉开，努力从睡袋里挪出来，移到太阳下。每动一下，膝盖上都会掠过疼痛。虽然只挪动了 6 英尺，但我还是花光了所有力气，疲惫地瘫倒在碎石上。我简直不敢相信自己的状况在夜里恶化了这么多。用手臂拉自己，已经是力量的极限。我晃了晃脑袋，想让自己清醒过来，赶走昏昏欲睡的感觉。没有效果。我躺回岩石上，仿佛撞上了一堵墙。我不确定这感觉是源自精神还是身体，但它令我窒息，仿佛被一张软弱和冷漠织就的毛毯裹住。我想行动起来，但做不到，就连举起手臂遮挡阳光都需要一番心理斗争。我一动不动地躺着，被自己的软弱吓坏了。能找到水，就有生机。机会只有一次，如果今天没有走到营地，那就永远到不了了。

营地还会在那里吗?

这个问题第一次浮现在我脑海中,随之而来的是我在夜里感受过的可怕感觉。也许他们已经走了。西蒙一定已经回去两天了……不止,这已经是他回去第三天的早上了!只要一恢复体力,他就没有理由继续留在那里。

我突然毫不费力地坐了起来。想到会被他们留在这里,我被刺激得瞬间清醒。今天必须到营地。我看了眼手表,8 点,还有10 小时的日光。

我费力地站起来,使劲拉着大石块,身子摇摇晃晃,差点跌回到碎石上。姿势的突然变化让我头晕目眩,有一阵子我以为自己要晕倒了。血液在太阳穴咆哮,双腿好像融化了似的。我紧紧抱住巨石的粗糙岩面。平衡恢复,血液不再狂涌,我直起身子,回头看了看昨天走过的路,失望地发现,远处的冰崖顶端依然清晰可见。我又转向湖泊的方向,发现自己仍旧在炸弹巷上方很远的地方。黑夜里的蹒跚而行完全是徒劳。昨天忘记用手表计时多愚蠢啊,我很快就失去了时间的概念。接着炸弹巷就变成了一个模糊的目标,而非精心计划的目的地。因为没在每个阶段都计时,我开始漫无目的地闲晃,毫无紧迫感。今天决不能再重蹈覆辙。4个小时足够抵达炸弹巷,中午 12 点就是最后期限。我打算把这段时间分成几个短阶段,每一个阶段都认真计时。我在前方搜寻第一个地标,巨石的海洋上赫然凸显出一根红色的高大岩柱。半个小时到达那里,然后再找下一个地标。

我背起登山包，蹲下身，当天第一次尝试单脚跳。起跳那一刻就知道自己会摔倒，我弯曲手臂，向前倒去，想站起来再试一次，却无法用冰镐撑起自己，只好抱住巨石，把自己拉起来。15分钟后，昨天睡觉的地方仍在视线之内，我摇晃着回头查看进度。每跳一次都会摔倒，更令人气馁的是我站不起来。第一次摔倒非常痛，我脸朝下趴在砾石上，咬紧牙关，等待疼痛消退，但它不肯离去，灼烧着我的膝盖，比之前更加难以忍受。

"停下，停下，拜托快停……"

疼痛继续。尽管很痛，我还是站了起来，试着逼迫自己忽略它。我感觉面部肌肉在扭曲，我痛得龇牙咧嘴。又摔倒了，疼痛维持不变。也许膝盖已经伤得太重，超出了正常的疼痛边界，也许那疼痛只在我的脑海里。

在那15分钟里，我体内仅存的斗志也丧失殆尽。持续不断的灼痛控制了我，斗志随着每一次摔倒渐渐消退。我站起来，又摔倒，在倒下的地方扭动、大喊、咒骂，暗自确信这就是我彻底躺倒前最后的努力了。我松开巨石，试着往前跳。脚没有离开地面，我侧身倒下，甚至没能用双臂保护自己。

我昏了过去，脑袋陷入眩晕之中，在清醒和昏迷之间徘徊，有那么一会儿，疼痛消失了。岩石割伤了我的嘴唇，嘴里有鲜血涌入的味道。我蜷缩着侧躺在两块巨石之间，红色岩柱就耸立在正前方的冰碛地上。我看了一眼手表，距离计划抵达岩柱的时间还剩10分钟。不可能了！我闭上眼睛，把脸颊贴在冰冷的岩石地面上。迷蒙之中，我想着自己还要走多远，又已经走了多远。一部分的我大喊着要放弃、睡觉，接受自己永远无法到达营地的现实。那声音予以反驳。我静静躺着，听它们争论。我不在乎营地，也不在乎下山。太远了。然而，在克服所有困难之后，却在冰碛地放弃，这太可笑了，让我怒火中烧。那声音赢了。我心意已决。从逃出冰隙的那一刻起，我的心意就已经确定了。

我会继续前进，继续努力，因为没有其他选择。抵达炸弹巷之后，我会以靠上的湖泊为目标，之后穿过中间的冰碛地，前往靠下的湖，绕着湖边走到尽头的冰碛地，爬完那片冰碛地后，向下回到营地。至少，我告诉自己我会这么做。我不再在乎成功与否。

我向前跳跃，来到一处凹地边缘，不久便摔倒了，侧身滚了进去。我遥遥听到水溅在石板上的声音，脸颊湿润了。岩石底部被水冲刷得十分光滑，泥泞的沙砾又冷又潮湿。我转向声音源头，看到一片银白色的融水从金色的岩石上流下。我已经到了炸弹巷。现在是 1 点钟，我迟到了一个小时。

我躺着的凹地上方有一堵很高的圆形岩壁。凹地底部被水浸透。岩壁底部有一堆锥形的泥泞碎石，石堆上方是一股从岩板上倾泻而下的水流。太阳照耀着整块岩壁，晒化了上面的雪。一股几分钟前还没有的力量从体内涌起，我爬上碎石堆，用冰镐扫掉顶部的碎石，把嘴唇贴在细流上。融水冰凉，我疯狂地吮吸湿漉漉的石板，偶尔抬头喘口气。水溅在我额头上，顺着紧闭的双眼滚下，从鼻尖滴落。喘气时，鼻孔吸进了水，我便像猪一样喷着鼻息，之后又把脸贴回岩石。

过了很长一段时间，我才不再疯狂吮吸细流。喉咙里可怕的干渴烧灼感已经缓解，但我仍然觉得口渴。每喝一口，都感觉自己的力量恢复了一些。我侧坐在岩壁边，防寒裤从潮湿的碎石中吸了很多水。当理智终于回笼，我在碎石堆的残迹中间挖出一个凹坑，然后看着它被水填满。2英寸深的冰水填满了凹坑，我一口喝不完，弯腰喝第二口之前，凹坑又装满了水。我不停地喝，直到胃部因为冷冰冰的水而坠痛，也不愿停下。我把脸凑到小坑边，垂涎不已。沙砾卡进喉咙，我开始咳嗽，同时还在努力喝水。我听到自己在喜悦地哭泣，同时也在不适地呻吟。

每次停下来，以为自己已经喝饱时，再喝一些的强烈冲动便会让我难以忍受。泥巴和沙砾蹭到了脸上，我扒着小坑，用已经失去知觉的脏兮兮的手指把它挖得更大。我喝水，休息，再喝，偏执地担心它可能会突然干涸消失。三天三夜没喝到水，让我有些疯狂。我没办法把自己与岩壁分开，只紧紧闭着双眼喝水，面部紧绷，心中充满难以置信的惊奇。这里的水比我想象的还要多，足够填满我体内吸墨纸一般的干渴，我吸够了水，离开小坑，心满意足地瘫坐在凹地上，浑身湿透。

从喝水时的恍惚中清醒过来后，我环顾四周。旁边水流的叮咚声令我心安。这处凹地很眼熟，我和西蒙、理查德来过这里，后来又和西蒙来过一次。那是多久之前？八天！真是难以置信。我清楚地记得这个地方，感觉我们在这里，坐在登山包上，满心激动地期待着这次攀登，不过就是昨天。几块小石头从流水的岩石上哗啦啦掉落。我本能地低头避开，它们砸进凹地另一端的碎石里。水给我带来了惊人的变化，我感到精力充沛，前几个小时的绝望已被遗忘。自从醒来后，那种空虚软弱的无力感也已经消失不见。我的斗志又回来了，早晨撞上的那堵墙已被水冲倒。

我知道从炸弹巷到靠上的湖泊需要步行半小时，或爬行3个小时。我决定试一下，在4点前到达那里。我站起来，跳到岩壁边，最后喝了一次水，然后转身，离开凹地。跳到凹地另一端时，我看到了泥巴上的脚印，便停下仔细盯着它们。那是西蒙高山靴的鞋印，还有理查德运动鞋小一些的鞋印，他们与我同在。我情绪高涨，从鞋印处跳开了。

前方的冰碛地不再那么凌乱。上游随意散落的巨石变成较小的石块，铺撒在偶尔可见的巨型漂砾中。它们在我的冰镐下移动、滑开。我摔倒了，但没有撞到巨石，而且现在也可以不那么费力就站起来。水重新激活了我的精力，但在晴朗天空中无情炙烤着的烈日却削弱了我的专注力。我发现自己昏昏沉沉地陷入睡梦，又猛地醒来，从跌倒中坐起，赶走脑袋里的睡意。

前进模式自行运转，像走路一样自然，我根本无须思考。那声音仍然催促着我，但不再是昨天那种坚决的命令。现在，它似乎在建议，既然没有其他事能做，不妨继续前进。我发现忽略那声音变得愈发容易，我会瘫倒在地上，陷入昏昏沉沉的白日梦。对，当然，我会动起来，但要先多休息一会儿……随后，那声音便退为朦胧幻梦的背景。过去的对话——我能立刻认出说话的声音，连续不断的曲调，以及记忆中的画面，纷纷在脑海中飘荡，仿佛一部疯狂杂乱的60年代电影。我喝醉般摇摇晃晃，靠在每一块足够大的岩石上，让睡眠把我从肮脏岩石的无尽枯燥景色中掠走。

只有手表让我和当下保持联系。时间不经意间流逝，我只记得每次幻梦般休息的几分钟，其他一概忘记。每次摔倒压在伤腿上时，疼痛便会爆发，我哭喊呻吟，直到疼痛退去，然后再次陷入幻梦。疼痛变得如此正常，我开始习惯每次摔倒时遭受的折磨。有时会困惑，为什么摔得很重时，反而不那么疼。我没完没了地问自己问题，一个都没回答。不过，一次都没有问过正在发生的事。我被喋喋不休的争论惊醒，想知道自己在跟谁说话，很多次回头看向身后，想看那些人是谁，可一直都没有人。我本能地认出一条小路，沿路蹒跚而下，完全没留心周围的风景，每走过一片地面，就会立刻将它忘记。身后是有关摔倒和巨石的朦胧记忆，我无休止地想着自己迄今为止都做了些什么，这些思绪与记忆混杂在一起。前方等待着我的是更多同样的记忆与思绪。

3点钟，我抵达一处岩石堆成漏斗形的陡峭冲沟。冲沟很深，底部是泥黄色的黏土，一条小溪顺着沟底蜿蜒。这里就是冰碛地完全结束的地方。我知道这条冲沟会一路延伸到湖边，越往下越宽，最后在冰碛地末端切出黏土底的平坦小路。我没办法跳下冲沟，便腿朝前坐着，顺着黏土挪下去。冲沟两边的岩壁耸立在头上，巨石向中间悬伸，看上去岌岌可危。这里十分阴凉，我偶尔会躺在地上，看着冲沟两壁在上方框住一片天空，喃喃哼唱记忆里的歌。水渗透衣服，坐起来时，我感觉水沿着背部滚落，浸入湿透的裤子。想喝点水的时候，我就翻到身侧，大声吮吸沟底流动的脏水。大多数时候，我都迷失在另外一个世界，恍惚地向下挪动。

我盯着前面逐渐变宽的黄色冲沟，想象有其他人也在顺着它的底部挪动，想象着一大群出逃的瘸子沿着这条黄色小路走向大海，然后又想到食物，那画面便分崩离析。我不时能看到一个高山靴鞋印，漫不经心地猜测这是谁留下的。后来我想起西蒙和理查德在炸弹巷留下的脚印，便开始确信他们跟在我身后不远处。我微笑着，想到有人做伴，需要时会有人来帮忙，就心生喜悦。只要大喊，他们就会来，但我不准备喊。他们在身后，视线之外，不过肯定离我不远。我告诉自己，他们因为我的状况而有些尴尬和羞愧。因为喝了太多水，我很想小便，但来不及脱掉裤子了。他们会理解的。我继续向前，直到幻想的泡沫突然碎裂，他们安慰人心的存在消失不见。

我一下子停住，突然回到现实让我十分震惊，很是害怕。没过多久，另一首歌打破恐惧，在脑海中播放起来。我看向前方闪烁着阳光的湖面。冲着它笑了笑，然后加快了速度。

"现在是 4 点，一切都好——"我朝湖泊喊道，傻傻地笑了起来。

冲沟中延伸出一片砾石平原，在湖边形成月牙状的沙滩。我试着站起来，现在不再是下坡，没办法再借力往下挪。我摇摇晃晃地单脚站起，湖面在眼前晃动，血液冲向脑袋。一阵恶心使我倒在碎石上，耳边传来一声仿佛从很远的地方飘来的哭喊。我又试了一次，还没站起来就摔倒了。我的腿一点力气也使不出。

一开始，我以为这是因为坐着往下挪的时间太长，后来意识到，是因为自己太虚弱，没办法再单腿跳。湿热的尿顺着大腿流了下去，我痛苦地皱起脸，尿液变凉后，我又试着站起来。我最多能做到像个关节炎患者一样弓身蹲起来，用冰镐柄摇晃地撑住身体。然后向前摆动伤腿，结果差点栽倒。我甚至没有力气好好站着，只好趴着往前爬。

湖水格外清澈，深处铜绿色的暗影闪着微光。远处岸边的冰崖伸向水面，形成脏兮兮的高大灰色冰堆。一道瀑布从冰上喧哗溅落。微风偶尔吹拂水面，银色和绿色的倒影舞动，水波向我涌来。我趴在地上，头悬在岩石矮坡上方，下面就是湖水。我睡着了，醒来后盯着湖看，然后再次陷入睡眠。太阳晒干了被冲沟里的水浸湿的裤子。尿液暖烘烘的臭味在周身的空气中飘荡。睡了一个小时后，我看向湖对面，心想自己是否该试着再站起来一次。

湖泊像一条细长的丝带向大本营延伸。远处，一片凌乱的冰碛地把湖泊一分为二。过了那片冰碛地，是第二个较小的圆形湖泊。它被由冰碛地形成的大坝拦住，下方就是我们的帐篷。除了穿过冰碛地的短短通路之外，地面的其他部分基本都是平坦的。沙滩一样的碎石延伸到冰碛地大坝，过去之后便是一路下坡。如果我能站得住，一路跳下去会很容易，跳着走会快很多。只要在天黑前到达大坝顶，就能看见下方的帐篷——如果帐篷还在的话。要是我大喊，他们也许能听见我的声音，冲上来找我。如果他们已经离开了……

我回头看向湖水。如果他们走了，那该怎么办？这种情况让我很害怕。我太清楚答案了，不敢相信他们可能已经离开。在所有努力之后，这种情况让人无法接受。还有比这更残忍的事吗？我爬下冰崖，经过群山的大门时，应当已经把厄运甩在身后了吧？我有些犹豫，一切关于前进的念头都彻底停摆。我不想在天黑前抵达那边。如果看到帐篷已经不见了，我会彻底崩溃的。

那声音说："别傻了，快点。白天还剩两个小时。"

我被太多恐惧攫住，只是盯着湖泊，无法行动。站起身时，感觉自己似乎举着重物，一种几乎实体化的恐惧感掠过全身，我绝望地感到自己无法再前进寸许。我又设法跳了两次，然后重重摔倒，只能趴着往前爬，脚拖过碎石，晃动着受伤的膝盖。我面朝来路坐了起来，像在冰川上那样，倒着挪动。往第二个湖泊移动的速度极其缓慢，但我没有停下来。渐渐地，我能看到自己在靠近那里。我沿着湖边行进，再次陷入幻梦。水轻柔的拍打声像在不断低语。我记得自己有一次在山里摔落，被突降的大雪困住。那时在卵石滩上，我也听到了同样轻柔的水浪絮语。当时我以为自己要死了，而现在，同样轻声拍打的旋律却追赶着我行进的脚步。

湖泊似乎比实际要长很多。一小时后，我穿过分割湖泊的冰碛地，开始沿第二个湖泊的湖岸行进。我认出之前试着钓鳟鱼的地方，便停下来看向前方的冰碛地大坝。之前从这里走到营地要用 15 分钟。我试着猜测爬过去要多久，意识到从营地到炸弹巷需要轻快地步行一小时后，我不由地迷茫起来，因为我花了 5 个小时才下到第二个湖。我无法判断自己移动得有多慢。然而，看向大坝时，我确信自己能在天黑前到达那里。还有一个小时。

一层积云从东边翻涌而来，遮蔽了太阳。云层挤入山谷两边的岩壁，颜色很深，不断胀大。暴风雪要来了。雨点溅落时，我正好到达冰碛地大坝。风越来越强，在湖面上卷过一阵阵寒气。我打了个寒战。

大坝的外壁由压实的泥巴和砾石构成。我记得之前攀爬它时脚滑摔倒了。几块岩石从泥中凸出，泥墙呈 45° 倾斜。在大坝顶部，低处暴风雪的云层勾勒出几块松散的巨石，仿佛一个锯齿状的皇冠。雪花打在我身上，混入雨中。气温骤降。

我把泥壁当成冰面攀爬，举起冰镐，砸进泥壁中，然后用双臂把自己拉上去。我把高山靴踢入斜坡，收效甚微，于是用高山靴刮过斜坡，它凑巧卡在泥土中凸出石块的狭小边沿上。我再一次挥镐，不得不重复整个危险的过程，伤腿则无力地挂在身下。爬得越高，就越紧张。我以为那是因为自己害怕摔落后又得从头开始，但其实有更深层的原因。一想到在大坝顶有可能看到什么，心底就涌起难以忍受的深深担忧。从一开始，这种担忧就一直存在。在裂缝里，它被恐惧掩盖。在冰川上，孤独遮挡了它。然而，一旦度过所有危险，它便迅速发展为强烈的空虚。某种巨大而肿胀的东西在胸中翻滚，挤压着我的喉咙，掏空我的内脏。我的神经不断扭曲跳动，脑子里所有想法都是"我有可能被抛下"，不仅是第二次，而且是永远被抛下。

来到泥坡顶部后，我在一堆乱石中爬行，直到来到冰碛地的最高点。我直起身子，斜靠在一块大石头上。什么都看不见。云层填满了下方的山谷，落雪随风来回翻滚。就算帐篷在那里，我也看不到。天差不多已经黑了。我在嘴边合拢双手，大喊：

"西——蒙——！"

喊声在云层上回响，又被风卷走。我对云层尖声高喊，听到渐渐聚拢的夜色中传来一声诡异的回声。他们听到了吗？他们会来吗？

我瘫坐在一个大石块边避风，等待着。寒冷在身上蔓延，夜色很快吞没了视野中的云。我专心聆听有没有回应，心里却觉得永远不会有回音。我浑身颤抖，感觉再也坐不住了，便从巨石边挪开。前方是一片长长的草坡，长着很多仙人掌。我想过把睡袋拿出来，在冰碛地上过夜，但那声音说"不要"，我同意。太冷了。现在睡着就永远不会再醒来。我在风中缩着肩膀，面朝前挪下山坡。

　　黑暗之中，几个小时过去了，我失去了所有位置感和时间感，挪动着一点点滑下去，茫然地瞥向黑暗的四周。我正朝帐篷下降的想法早已消失，对自己在做什么毫无概念，只知道必须继续前进。寒风阵阵，吹起雪花，打在我脸上，把我从没有时间感的深深睡眠中唤醒，强迫我继续爬行。我偶尔会瞥一眼手表，打开表盘的灯，眯着眼睛看表面。9点，11点，夜渐渐深了。从冰碛地大坝爬过来的5个小时毫无意义。我隐约知道应该只需要10分钟就能到达营地。5小时可能就是10分钟。我什么都想不明白了。

　　锋利的仙人掌割到大腿时，我便会停下，摸索身下的地面，完全无法理解是什么刺到了我。夜色遮住视野内的一切，我陷入神志不清的状态，喃喃自语，思绪破碎，不知道自己在哪里、在做什么。我还在冰川上吗？最好当心点，我想，冰川末端的裂缝区很可怕。那些岩石都去哪儿了？不觉得口渴很好，但我希望知道自己在哪里……

第十三章　深夜的泪水

不知不觉间，我进入了一大片满是岩石和河流砾石的开阔区域。又是冰碛地？不太确定。在陡峭草坡和仙人掌间下降让我迷失了方向。我转身向后看，白雪覆盖的山坡上，隐约可见一条黑色的曲线。岩石上没有雪。这是哪里的石头？我在登山包里摸索着找到头灯，打开后，昏黄的灯光亮起。我照了一圈四周，看到凌乱的灰色岩石。我正坐在岩石中间，四周是一片宽阔荒凉的土地，很难选择往哪边爬行。头灯很快熄灭了，我丢下它，进入黑暗之中，脑子一片混乱。我努力清楚地思考，扫清疯狂混杂的思绪，短暂地捕捉现实。是河床！我在河床上。可认出这里也没什么用，因为我立刻睡着了，醒来时又忘了自己身在何处。我在河床上——这个想法从脑中一闪而过，但我没能再次抓住它，又跌回到狂乱的思绪中。

河床宽半英里，到处都是岩石和冰融水坑。河流在黑暗中的某处，暴风雪中我听不到它的声音。帐篷紧挨河对岸，但我在哪里？我是在向中心前进，还是又绕去了冰碛地大坝？有人在意吗？我继续拖着脚往前挪动，脚撞上了岩石，痛得我一边呻吟，一边对着黑暗喃喃提问，但只有暴风在嘶嘶作答。那声音几小时前就离我而去，我很高兴不再被它打扰。

我本能地转变方向，从一边到另一边，仿佛认出了乱石，在黑暗中看到了熟悉的地形，跟随潜意识中的指南针辨认方向。帐篷有多远？也许他们已经走了！等到了早晨就能看清路了，于是我开始坐在风中等待。我发现自己又开始移动了，不知道刚才等了多久。只是等着，想要的东西永远不会来。"心急吃不了热豆腐！"——多愚蠢的谚语！浮现在脑中的这个笑话逗得我咯咯傻笑，一段时间后，我已经记不得自己为什么在笑，但依然笑个不停。

我看了看手表，早上了。新的一天已经到来。差一刻1点。我感觉有块大石头的粗糙边缘抵在肩上，便扶着它把自己拉起来，摇晃着坐在上面。我凝视着眼前的一片黑暗，感觉帐篷就在附近。一定还在，我能感觉到。周围有股刺鼻的粪便味，我闻了闻手套，一股恶臭让我向后一闪，过了很久才明白是怎么回事。

"大便？我为什么坐在大便里？"

我瘫坐回巨石上。虽然知道自己在哪里，但行动不起来，只是绝望地盯着夜色。烹饪岩石应该就在前面，但具体在哪里？雪花突然打在脸上，我举手挡住脸。刺鼻的恶臭钻进鼻孔，脑袋一下子清醒了。只需要大喊一声！我坐起来，冲着黑暗嘶哑地喊叫，声音哽咽颤抖，之后便一言不发地盯着前方，坐着等待回应。

也许他们已经走了。寒冷又找上门来，暗暗蹿上后背。我肯定活不过今晚，但无所谓了。生与死早已纠缠不清。过去几天真实发生的事与狂乱的思绪早已混成一团，模糊不堪，现在我似乎被钉在了现实与狂乱之间。活着，死了，有很大的区别吗？我抬起头，冲着黑暗吼出一个名字：

"西——蒙——"

我摇摇晃晃地坐在大石块上，盯着夜色。脑中的恳求已经变得歇斯底里，我听到一个声音在嘶哑地低声呻吟，就像在听别人说话！

"拜托一定要在那里……你们一定还在……哦，万能的上帝……拜托！我知道你们还在……救救我，你们这些混蛋，救我……"

雪花拂过脸颊，风扯动着衣服。夜色仍然漆黑一片。温热的眼泪和冰凉的融雪一起淌下脸颊。我想结束这一切，觉得自己被摧毁了，许多天来，第一次承认自己终于耗尽了力气，我需要别人，随便谁。黑夜中的暴风雪快要夺走我的性命，我已经没有继续抵抗的意志力。我哭了起来，原因很多，但主要是因为没人陪我抵抗这个可怕的夜晚。我把头埋在胸前，忽略四周的黑暗，愤怒而痛苦地抽泣。我承受了太多，无法再继续了，一切都超过了我能承受的范围。

"救救我——！"

吼叫穿破夜色，但风和雪似乎立刻将它吞没。

一道电光亮起，一开始我以为那是我想象出来的光，就像掉进冰隙后突然出现的炫目闪光一样。但它没有一闪而过！而是继续亮着，红绿相间，让暗夜闪现出色彩。我目瞪口呆，前面有什么东西漂浮着，闪闪发亮。半圆形的红绿发光体悬在夜色中。

"宇宙飞船？坏了，情况肯定很糟……我开始产生幻觉了……"

接着是些听不清的闷响和惊讶而困倦的声音，那些颜色中显现出更明亮的灯光。一束粗粗的圆锥形黄光突然划破那些颜色。更多响动和人声出现，不是我的声音，是别人的声音。

"是帐篷！！他们还在……"

这想法让我震惊得无法动弹。我侧身从巨石上翻下来，身体扭成一团，倒在岩石遍布的河床上，大腿上涌起疼痛，我呻吟起来。一瞬间，我变得虚弱不已，无法移动身体的任何部位，还不停地抽泣着。某种一直支撑我、让我不断鼓起力量的东西已经消失在暴风雪中。我试着从岩石上抬头去看灯光，但完全做不到。

"乔！是你吗？乔！"

西蒙的声音听起来很紧张，有些嘶哑。我大声回答，却没有发出声音。我痉挛似的抽泣着，胸口一阵阵起伏，泛起的恶心让我干呕起来，同时又朝黑暗咕哝着不完整的语句。我转过头，看到一束亮光上下晃动着匆忙靠近。有石块在脚下刮擦的声音，还有人惊慌地高声喊叫的声音：

"在那边，在那边！"

灯光从我身上闪过，我眼中满是炫目的光束。

"救我……请救救我。"

我感到有强壮的手臂架住我的肩，拉着我。西蒙的脸突然出现在眼前。

"乔！天哪！上帝啊！他妈的，妈的，看看你。该死，理查德，抓住他。抬起来，你这个混蛋，把他抬起来！天啊，乔，怎么回事？怎么回事？"

他太震惊了，意识不到自己在说什么，脱口而出一堆脏话，没理由的咒骂，无意义的脏话，而理查德被我的惨样吓坏了，一副紧张犹豫的样子。

"快死了……再也受不了了。太难了……太难了……以为完蛋了……请救救我，看在上帝的分上，救我……"

"一切都会好的。我找到你了，有我在；你安全了……"

西蒙用双臂搂住我的胸膛，把我拉起来，拖着我。我的鞋跟不停撞上岩石。我重重倒在帐篷门口，帐篷里发出柔和的烛光。我抬头看见理查德低头盯着我，双眼大睁，忧心忡忡。我本想笑他大惊小怪，但眼泪不停从眼睛里涌出来，而且我也说不出话。西蒙把我拖进帐篷，轻轻放倒，让我躺在温暖的羽绒睡袋上。他跪在旁边盯着我看，眼神中混杂着怜悯、恐惧和慌乱。我朝他笑了笑，他缓慢地摇着头，也对我咧嘴一笑。

"谢谢，西蒙。"我说，"你做得对。"我看到他很快别过脸，目光转向一边。"不管怎样，谢谢。"

他默默点了点头。

烛光笼罩着整个帐篷。帐篷布上人影晃动，似乎总有人在我上方来来去去。一阵强烈的疲惫感突然耗尽了我的力气。我静静躺着，脊背陷入柔软的羽绒。有人在上方看我，两张脸不断短暂出现，让我有些糊涂。接着，理查德把一个塑料杯子塞进我手中。

茶！是热茶！但我端不住杯子。

西蒙从我手里拿走杯子，帮我坐起来，喂我喝茶。我看到理查德在煤气炉那边忙活，一边搅拌乳白色的稠粥，一边舀了些糖进去。他们让我喝了更多茶，随后又端来了粥，但我吃不下。我看向西蒙，他脸上满是憔悴和紧张，眼中满含震惊。一时间，没人说话。我猛地想起西蒙上次这样看我的时候。那时他站在冰崖顶端，久久盯着我。那一刻，我知道他认为我会死掉。然后沉默的魔咒被打破了，我们一下子问出一连串问题，几乎同时脱口而出，但又都没怎么回答对方。我们静默地看了对方很久，所有问题都不再重要，每一个答案都显得多余。我给他讲了冰隙里的经历和爬行的经过。他讲了割断绳索后噩梦般的下降，还有他怎么判断我已经死了。然后他又看着我，仿佛还没有接受我已经回来的现实。我笑着碰了碰他的手。

"谢谢你。"我又说了一遍，知道这句话永远也不能让他明白我的感受。

他看起来有些尴尬，很快改变了话题：

"我把你的衣服都烧掉了！"

"什么？"

"嗯，我以为你不会……"

他看到我的表情，突然大笑起来，我和他一起笑了。我们笑了很久，声音刺耳，近乎疯狂。

不知不觉，几个小时过去了。帐篷里回响着我们喋喋不休讲述各自经历的声音。找钱和在帐篷外烧掉我所有内衣内裤的事，让我们大笑不止。他们不停让我喝茶，流露出深切的关心，此刻我们的友谊深刻而不渝。每一个手势，每一次胳膊的碰触，每一个眼神，都有种我们从前不敢、以后也绝不会再展现出的亲密。这让我想起山壁上暴风雪肆虐的那几个小时，有一小段时间，我和西蒙好似俗套的三流战争片中的角色，互相鼓励。

西蒙逼我吃完粥，理查德在做煎蛋三明治。每喝一口茶，我好像就要吞下一种不同的药。止痛药、罗尼可、抗生素。因为咽不下去干面包，我不太想吃三明治。

"把它吃了！"西蒙严厉地说道。干面包卡在喉咙里，我咳嗽起来，无奈地嚼着。嘴里分泌不出唾液，我不得不违背他的命令，把面包吐了出来。

"好吧。我们来看看你的腿。"

西蒙突然变得严厉而高效。我表示反对，但他已经用一把小刀割向我破烂不堪的外裤。我看到刀片毫不费力地割开了薄薄的尼龙布。那把刀的手柄是红色的，是我的刀。上一次它被用在我身上是三天半之前。一阵恐惧掠过。我不想再承受更多疼痛了，至少今天不要。我渴望的是睡眠，温暖羽绒睡袋中的睡眠。西蒙抬起我的腿，想把裤子扯走，我瑟缩了一下。

"没事的。我会尽可能小心。"

我从西蒙身上移开目光，瞥向理查德，他看上去快吐了。我对他咧嘴一笑，他转过身去，赶忙回到炉边。要看到我的腿变成什么样子了，我既兴奋又担心。我想知道是什么伤让我这么痛苦，但又很怕看到腿部腐烂感染。西蒙拉开绑腿上的拉链，轻轻解开鞋带和尼龙搭扣。

"理查德，你得按住他的腿。要使劲压好，不然我没法把靴子拽下来。"

理查德在炉子边犹豫着："你不能把靴子割掉吗？"

"能，但没必要。来吧。一下子就好。"

理查德挪到我旁边，小心翼翼地压住我的小腿。西蒙开始拽了，我尖叫起来。

"抓紧，拜托！"

他又拽了一次，疼痛仿佛从膝盖处膨胀起来。我紧紧闭上眼睛，膝盖上的灼烧感愈演愈烈，我呜咽着祈求它停下来。

"好了。脱掉了。"

疼痛迅速消退。西蒙把靴子扔出帐篷，理查德赶忙放开我的腿，我想他也一直闭着眼睛。

接着是防寒裤。西蒙轻轻把它从我腿上脱下时，理查德挪到了帐篷后面，我期待地坐了起来。穿在最里面的保暖长裤被脱掉时，我和西蒙都震惊地瞪着我的腿。

"该死！"

"妈的，肿这么大！"

伤腿像是肿胀的残肢，上面沾着黄色和棕色的污渍，青紫色的瘀痕顺着膝盖延伸向下，大腿和脚踝看上去差不多粗，只有怪异地扭向右下方的巨大肿块能显示出膝盖的位置。

"天啊！比我想的还糟。"看到它，我感到一阵虚弱，试探地伸手抚摸膝盖周围的皮肤。至少没有发炎，没有明显的感染迹象。

"很糟糕。"西蒙咕哝道，他正在检查我的脚底板。"你的脚后跟也骨折了。"

"是吗？哦，好吧。"这对我来说似乎不是很重要。脚、膝盖、一切的一切，这些都有什么重要的呢？我已经下山了，可以休息、吃饭、睡觉。它们会好起来的。

"是。看到这些紫色的瘀痕了吗？这是出血的迹象。你的脚后跟周围都是紫色瘀痕，脚踝这里也是。"

"真棒。"我说，"理查德，看看这个！"

理查德越过我的肩膀瞥了一眼，急忙转开目光："噢！真希望我没看。"

我开心大笑，注意到自己变化很大。歇斯底里的疯狂大笑是过去的事了。西蒙把保暖长裤拉回我腿上，一脸担忧。

"我们得赶快把你弄出去。驴子早上会来。可以下去一个人，让斯宾诺莎再带一头骡子和一个马鞍上来。"

"我去。"理查德自告奋勇，"现在是 4 点半。喝完这杯茶我就去。这样你就能用我的睡袋，乔用你的。我 6 点就能回来……"

"等等，"我打断他，"我需要休息和食物。做不到立刻骑两天骡子。"

"你必须做到。"西蒙厉声说道，"没得商量。到医院至少需要三天。除了腿伤，你还冻伤了，而且体力耗尽，如果再放着不管，会感染的。"

"但是——"

"没什么但是！早上就出发。到利马的时候，你的腿已经断掉超过一周了，不能冒这个风险。"

我太虚弱，无法与他争辩，便恳求地看着他们俩，希望他们改变主意。西蒙不理我，把我的腿放进他的睡袋里。理查德递给我一杯茶，安抚地冲我笑笑，然后迈步走进夜色。"很快回来。"他从黑暗中喊道。我昏昏欲睡，隐约觉得还有什么重要的事没做，但眼睛已经要睁不开了。想起来了！

"西蒙——"

"怎么了？"

"你知道的，你救了我的命。那天晚上对你来说一定很艰难。我不怪你，你别无选择。我理解你，也明白你为什么觉得我死了。你做了能做的一切，谢谢你带我下山。"

他什么都没说，我看向躺在理查德睡袋里的他，看到他的脸颊上有泪水。我转过头，他说：

"老实说，我以为你死了。我很确定……不知道你能有什么办法活下来……"

"没关系。我知道……"

"天哪！我一个人下……下来了，真受不了这个。我是说……我要怎么对你父母说？说什么？很抱歉，辛普森夫人，但我不得不割断绳索……她永远不会理解的，永远不会相信我……"

"没关系。你现在不必做这件事了。"

"我希望我当时待得更久些……只要相信你还活着。这样会让你少受很多苦。"

"没关系。我们现在都回来了，一切都结束了。"

"对。"他哽咽着小声说，我一下子热泪盈眶，只能猜测他到底经受了多少。一秒钟后，我便睡着了。

我在一阵嘈杂的说话声和笑声中醒来。帐篷旁边，女孩们兴奋地用西班牙语叽叽喳喳聊着天。听到西蒙和理查德在谈驴子的事，我慢慢睁开眼睛，帐篷布上透进来的光线感觉十分陌生。太阳斑驳地打在红绿相间的布料上，每隔几秒就有人影掠过，就像帐篷外有一个生意兴隆的集市。我想起几个小时前的事，心中一震。我安全了，这一切都是真的。我笑了笑，依然昏昏沉沉，胳膊蹭着睡袋柔软的羽绒面，一种回家的感觉令我陶醉。情况曾经那么糟糕，我在半梦半醒中遐想，那么那么糟。

一小时后，我从睡梦中惊醒，听到一个声音远远地在叫我的名字。我很困惑。谁在叫我？睡意将我轻柔地拖回睡袋里的温暖，但那声音还在呼喊：

"快，乔，醒醒。"

我侧过头来，困倦地看向挤在门口的几个脑袋。西蒙跪在那儿，手里拿着一杯热气腾腾的茶。身后，两个女孩好奇地越过他的肩头看过来。我试着坐起来，但动不了。胸口仿佛有千斤重，把我钉在地上。我无力地摆动一只手臂，试图把自己拉起来，但胳膊软弱无力地坠回身边。西蒙搂住我的肩，拉我坐起来：

"把这个喝掉，再试着吃些东西。你需要食物。"

我用戴着保暖手套的手圈住杯子，凑过去，蒸汽润湿了我的脸。西蒙走开了，但女孩们还蹲在门口，笑着看我。她们坐在阳光下，看我喝茶，这画面有些不真实。她们身上臀部肥大的农民裙子和头上装饰着花朵的帽子，看起来也很奇怪。她们在这里做什么？似乎每秒都有思绪涌现，多到我没办法完全理解正在发生什么。我已经安全到达这里，能明白帐篷、西蒙和理查德的存在，但不懂这些穿着奇怪的秘鲁人为什么出现在这里。我想最好忽略她们，专心喝茶。第一口茶烫到了嘴。我戴着保暖手套保护冻伤的手指，双手也没什么知觉，所以忘了茶有多烫。我倒吸一口气，然后飞快地吹气，想让舌尖冷却下来。女孩们咯咯笑了起来。

接下来的半小时，食物和热饮源源不断，不时还有几句鼓励和关于当下状况的解说。计划有些延迟，因为斯宾诺莎想宰我们一笔钱，半天不答应我们的出价。每过一会儿，我都能听出西蒙的声音越来越大、越来越愤怒，理查德则在冷静地给斯宾诺莎翻译。女孩们偶尔看一眼西蒙，皱皱眉头。突然他们消失了，我没必要再醒着，往前一倒，陷入梦乡，让西班牙语和英语的混杂吵闹声化作背景。

一只手又把我摇醒了。是西蒙，他说：

"现在你得去帐篷外面。我们要打包了。他终于同意了一个价钱，如果再改主意，我就他妈的敲掉他的脑袋！"

我拖着双腿，试着挪出帐篷，震惊于自己竟然如此虚弱。一半身子挪出帐篷时，身下的胳膊弯了一下，我侧身摔倒，再也没办法撑起自己。西蒙轻轻扶起我，拖到太阳下。

"西蒙，我应付不来那头骡子。你不知道我有多虚弱。"

"会没事的。我们会帮你的。"

"怎么帮！我几乎没办法让自己醒着，更别说坐着了。看在上帝的分上，你们要怎么帮我骑骡子？我需要休息。真的。我需要睡眠和食物。下山以后我只睡了三个小时……我……"

"你没得选。今天就要走，就这样。"

无论我怎么表示反对，他就是不同意。他走向帐篷，拿着急救箱回来，递给我该吃的药，理查德递过来一杯茶，然后他们便从我身边走开，开始撤除营地。我侧躺着，看着他们，越来越无法摆脱可怕的昏昏欲睡的虚弱感。身体情况的恶化令我十分害怕，我不安地想着，自己是不是已经被完全掏空了。突然我感到自己比之前独自一人时更接近死亡。在知道有人帮我的那一刻，心里的某种东西似乎崩塌了。让我撑下来的，不论是什么，都已经消失不见。现在我甚至无法独立思考，更别说爬行了！没什么需要争取的，没有要进行的前进模式，没有那声音，一想到没有这些，生命可能就走到了尽头，我便惊恐不已。我试着保持清醒，努力赶走睡意，睁着眼睛，但睡眠还是赢了。我断断续续打起瞌睡，被不同语言的嘈杂交谈声吵醒，然后又打起盹来，脑子里反复想着昏迷、崩溃和醒不来的长眠。

似乎过了很久，西蒙又来到我身边。我听到他在跟理查德说话，便抬起头来。他站在我旁边，神情忧虑地检查着我的情况：

"嗨，你还好吗？"

"嗯，我还好。"我已经放弃了任何不愿意离开的想法。

"你看上去可不好。我们很快就走。也许你坐起来会好一些，试着让自己振作点。我给你拿点茶来。"

想到振作，我不由哂笑，但还是靠自己坐了起来。终于，斯宾诺莎牵着他的老骡子来到我身边，西蒙帮我站了起来。我重重靠在他肩上，单脚跳向骡子。骡子耐心地等待着，看起来是个性情温顺平和的老家伙，这倒使我精神振奋。就在我要被抬上马鞍时，理查德突然喊道：

"等一下，西蒙！我们忘了乔的钱！"

一场搜寻开始了，理查德和西蒙在两边撑着一瘸一拐的我，我徒劳地回想装钱的腰带藏在哪里，指引他们从一块石头找到另一块。斯宾诺莎和女孩们看上去很困惑。找到腰带时，我们仨开心地大笑，高高举起它给孩子们看。他们礼貌地笑了笑，显然不明白这条破破烂烂的腰带有什么重要的。

骡背上的马鞍是那种老式的高鞍头西式马鞍，硕大的壶形马镫上包着有花纹的皮革，鞍头周围还镶嵌着华丽的银饰。马鞍上裹着一张防潮软垫，好让我的伤腿不碰到骡子侧面。我们出发，沿河床稳步向下，西蒙和理查德走在两边，时刻注意我的状况。

接下来的两天在疲惫和疼痛中迷迷糊糊地度过。我没办法夹紧大腿控制骡子，前往卡哈坦博的 20 小时路程中，它似乎撞上了我们经过的每棵树、每块大石头和每座山壁。就算西蒙用锋利的雪桩戳它，它也不停犯错，我无力地尖叫、大吼，直到疼痛退去。不知怎么回事，我没有摔下来。熟悉的风景从身边掠过，但因为疼痛和疲惫而印象模糊。每天结束时，我会很孩子气地发火。我浑身无力，也失去了不顾一切的劲头，无法应对这额外的折磨。我希望这一切结束，我想回家。西蒙像母亲般照顾我度过这些糟糕的时刻，在小径上来回走动，催促赶驴人加快速度，提醒为我拉骡子的人当心些。为防止睡意和虚弱让我从马鞍上摔落，他会走在我身边。他拿走了我的手表，每到吃药的时间，就让整支队伍停下。止痛药、罗尼可、抗生素，当然还有茶。骡子费力地穿越高耸的山口、陡峭的岩石山谷和繁茂的南美大草原，我不时入睡又醒来，脾气越发暴躁，但西蒙一直在身边。每当我恳求休息，他就鼓励我，激发出我仅存的微弱力量。

我们在卡哈坦博陷入了麻烦与争吵之中。为了雇一辆皮卡，西蒙反复和警察争辩，接着他和理查德赶走了成群结队想爬进皮卡车斗、搭便车去利马的村民。在出发的最后一刻，一个年轻人走近皮卡。我四肢摊开躺在敞篷车斗里的一张垫子上，那个年轻人悲伤地看着我，看到我腿上粗糙的夹板。一名胸前斜挎着冲锋枪的警察走上前来，拦住想把这名年轻人赶走的理查德。

"先生，请您帮帮这个人。他的腿坏了。等了六天。您带他去医院……好吗？"

所有人都转头看向皮卡后面瘫在我旁边的那位老人，震惊得说不出话。他哀求地看着我，然后转动臀部，把盖在腿上的粗糙麻袋翻开，痛得皱起了脸。人群突然死寂，我听到西蒙在身边猛吸一口气。那人的双腿被压烂了。我瞥了一眼那两条扭曲的腿，腿上伤口撕裂，血迹斑斑，还有深紫色的严重感染。他小心翼翼地把麻袋盖回腿上，一股刺鼻腥甜的恶臭从麻袋底冒了出来。

"天哪！"我有些恶心。

"情况很糟。是吧？"

"很糟！他没救了！"

"对不起，我英语不好——"

"没事。我们会带上他，还有这个人。"我打断道。

"谢谢，先生们。你们都是善良的人。"

司机是个酒鬼，给了我们很多啤酒。啤酒、香烟和止痛药给返回利马的痛苦三天罩上了一层朦胧。我们在深夜开到了医院。那两个人告诉我们，老人负担不起这样的好医院。我们说没问题，给司机付了钱，让他送老人去他负担得起的医院。理查德帮我下了车，西蒙把我们剩下的止痛药和抗生素给了老人的儿子。卡车绝尘而去，开入利马闷热潮湿的夜色中。我坐在轮椅上，看到老人无力地想要挥手致谢，然后车便消失在街道转角。

按照我们的标准，这家医院陈旧得吓人，但它有干净的白色床单，病房的音响里播放着音乐，还有漂亮的护士，可惜没有一个会说半点英语。护士们沿着绿白墙面的走廊麻利地把我推进病房。西蒙匆匆跟在一旁，不肯让我脱离他的照顾。我们经历的巨大苦难刚刚开始在心底产生影响。

一小时后，医院强硬地要求西蒙和理查德离开。照完 X 光后，一个护士脱掉我发臭的登山服拿去清洗，我赤身裸体地坐在医用轮椅体重秤上，另一个漂亮的护士在量我的脉搏，记录体重，从胳膊上抽血。我转头看秤，吓了一大跳。7.25 英石 ❶！3 英石……天哪，我轻了 3 英石！她愉快地冲我笑了笑，把我从轮椅秤上抱下来，轻轻放进消过毒的热水里。洗完后，我被放回病床，立刻

---

❶ 1 英石约等于 6.35 千克，7.25 英石约合 46 千克。

睡着了。一小时后，她又回来了，这次还跟着一位满脸关切的医生。医生根据我的血样解释了些吓人而复杂的事情，护士则在我手腕上扎了针，输一些葡萄糖。夜里，我从可怕的噩梦中惊醒，梦里全是冰隙里的回忆，我浑身被汗水浸透，惊恐地尖叫着，护士们赶忙跑来，用我听不懂的西班牙语安抚我。

我在医院躺了两天。这段时间简直难以形容——没有食物，没有止痛药或抗生素。医院在通过电传确认了我的保险后，才肯给我做手术。他们一大早就来找我。一小时之前，他们在我手臂上提前注射的药物使我陷入虚弱和几近无意识的状态中。来了两个戴口罩、穿绿衣服的人，沿铺着瓷砖、仿佛没有尽头的走廊推着我走，对我咕哝着些听不懂的话。接近手术室时，我体内的害怕升腾为恐慌。不能做手术！必须阻止他们。等回家再说，看在老天的分上，不要让他们给我做手术。

"我不想做这个手术。"

我冷静地说着，觉得自己表达得很清楚，但他们没有回答。也许是药物影响了我说话的能力？我又说了一遍。其中一个人冲我点点头，但他们并没有停下。我突然明白了，他们不懂英语。我使劲坐起来，有人把我推回到枕头上。我惊慌失措地大喊，让他们停下。手推车咔嗒作响穿过手术室的弹簧门。有个人用西班牙语跟我说话。他声音优美，像是在让我平静下来，但看到他在检查注射器，我又挣扎着半坐起来。

"求求你。我不——"

一只有力的手把我按了回去，另一只手抓住我的胳膊。我感到针扎进来的轻微疼痛，努力想抬头，但不知怎么回事，头的重量好像增加了一倍。我侧过头去，看到一盘手术器械，上方亮起明亮的灯光，房间开始在眼前旋转。必须说些什么……必须阻止他们。黑暗罩住了灯光，慢慢地，所有声音都归于沉寂。

后记

1987 年 6 月。巴基斯坦，喀喇昆仑与喜马拉雅山脉，罕萨河谷

我看着那两个渺小的人影变得越来越小，消失在上方荒凉的山坡上。安迪和乔恩要去攀登 20 000 英尺高的未登峰图泊单峰。我再次独自一人身处群山，这次是出于我的选择。

我转身照看小小的煤气炉，煮第二杯咖啡，膝盖因为移动疼了起来。我愤怒地咒骂，俯身按摩，以减轻疼痛。关节炎犯了。六次手术的伤疤在扭曲的关节上清晰可见，至少心中的伤愈合得比它们好。

医生说过我会得关节炎，他们说接下来十年内我必须切除整个膝关节，后来他们还说了很多事："你再也无法屈膝了，辛普森先生……你会永远跛着一条腿。再也无法攀登……"几乎都没有成真。

不过，他们对关节炎的说法是对的——我一边感伤地想着，一边关掉炉子，不安地回头看了一眼山坡，浑身一阵战栗，开始为他们担心起来。安全回来吧。至少要做到这一点，我低声对此刻寂静的群山说道。如果天气好，他们应该三天内就能下山。我知道这会是场漫长的等待。

　　放弃冲顶让我很难过。伤腿之前状态很好，但后来开始疼痛。我知道在上一次手术后仅仅十周就来这里攀登，会给伤腿增添新伤，但很高兴自己试过了，而且以后总会有机会的。

　　六天前，我们抵达山肩下的山坳，挖了一个雪洞，然后坐在洞外，静静凝视向远方延伸的喜马拉雅山。无垠的蓝天中，太阳洒下灼热的光芒，积雪的山峰连成海洋，在晶莹剔透的空气中轮廓鲜明。这就是我为之而来的风景。纯洁，不可触碰。通往天际，完美无瑕。太阳晒在冰冻的雪晶上，闪出钻石般的光芒。卡鲁科山耸立在上方，离我只有5英里。我幻想自己身处面前的群峰之巅，借着山顶的无限视野看着地表的起起伏伏。我试着相信自己能看到珠穆朗玛峰，虽然知道它离这里有1 000英里远。那些地名在脑海中闪过：兴都库什山、帕米尔高原、西藏，还有喀喇昆仑山脉。"雪之圣母"珠穆朗玛峰、楠达德维山、乔戈里峰、南伽峰、干城章嘉峰。这些名字蕴含着如此厚重的历史，也让人想起所有攀登它们的人。突然间，对我来说，这些人变得如此真实，如果没有选择重返群山，他们永远也不会变得如此真实。我的两位朋友就长眠于这些山峰中的某处，独自一人，在不同的山中被雪掩埋。那就是这种美的阴暗面，但此刻，我可以暂时将之遗忘。

　　我收好登山包，背在肩上，最后向安迪和乔恩消失的地方看了一眼，然后转身，往营地走去。

十年之后……

　　西蒙·耶茨在关于安第斯山脉另一次攀登的著作《无路可退》（*Against the Wall*）中，充满善意地承认，我在《无情之地》中"忠实而真诚"地从他的角度讲述了修拉格兰德峰的故事。他反复思考着良心的问题，在事件发生后十年左右，这个问题可能依然困扰着他。听到西蒙说他的良心是清白的，我如释重负。因为如果处在他的位置，我会做一样的事。他曾英勇地尝试拯救我，但最后，那是他唯一明智的选择。他写道：

　　　　有些人说，根本没有所谓抉择，我压根没想过割断绳索就是割断了绳子所代表的信任和友谊。另一些人说，那只是一个简单的生存问题，是我不得不做的事。
　　　　事情发生时，有很长一段时间我只是挂在绳索上坚持着，希望乔能把他的身体从绳索上移开，让我可以移动位置。想起登山包顶部有一把刀的时候，我已经筋疲力尽，没办法再拉住他。我知道自己已经做了预期中能做的一切去拯救乔，而此刻我们两个人的生命都受到了威胁，我不得不先拯救自己。尽管我知道这么做可能会导致乔死亡，但还是凭直觉在一瞬间做出了决定。我只是觉得这么做是正确的，和那次攀登中我做出的许多关键决定一样。我没有犹豫，从包里拿出刀，割断了绳索。

这样的直觉似乎总让人感觉缺乏人情味，好像那决定不是出自我的头脑。只有事后我才能看出，我们是一步步走到那个境地的。在那之前的几天，我们犯了许多判断错误。我们没有足量地进食和饮水，夜深之后还在攀登。这么做会让自己变冷、疲惫、脱水。一天晚上，我在等待乔挖掘雪洞时，因为太冷，冻伤了几根手指。简而言之，我们没有照料好自己……

现在我明白了，西蒙是对的，虽然之前我并不这样认为，没有把那些看作是我们的疏忽。

在攀登后分析正确和不正确的行为，这一点和强壮的身体及天赋一样重要。因此，之后的几年里，我也自然而然地复盘着发生过的事，试着找出我们在哪里出了问题，又犯了什么致命的错误。起初，我确信我们没有做错任何事。我仍然会像当时那样倒攀冰崖，但也许会多关心一下冰况。我们仍会选用阿式攀登 ❶，用雪洞代替

---

❶ 阿尔卑斯式攀登的简称，是一种登山方式，指登山者自给自足，自己携带装备、物资去攀爬中高海拔山峰。

帐篷，携带同样的装备和食物。最后是西蒙向我指出，我们在哪里犯了致命错误，而且其实在离开大本营之前错误就已经发生。

问题在于燃气。

我们没有准备足够的燃气以确保有足够的饮用水。两个人每天用一小罐根本不够。为了减轻负重，我和西蒙把一切都降至最低限度，但当情况开始急剧恶化时，我们就失去了回旋的余地。在西蒙把我下放到圣罗莎山坳附近时，还有我们决心在即将到来的暴风雪和夜幕中沿西壁下降之前，我们都考虑过挖一个雪洞，等暴风雪结束再走。如果那样做，就能在阳光明媚的白天下降，就会看到冰崖并且避开，保持对事态的控制。

但相反，暴风雪云层在山坳上空聚集起来时，我们痛苦地意识到，食物和燃气在前一晚就已经消耗完了。我和西蒙都严重脱水，加上又无法煮水喝，不能冒险被一场长时间的暴风雪困住。我已经开始出现脱水症状，一根主要骨骼的外伤性骨折，以及随之而来的内出血也让我很虚弱。我们别无选择。就因为缺少一罐燃气煮化冰雪烧水喝，我们不得不继续前进，因此失去了对局面的控制，也差点失去生命。

西蒙在他的书里继续分析道：

> 割断绳索后的痛苦不安改变不了任何事。我的决定是正确的，我们都活了下来。在随后的几年里，我无意中听到许多关于这一决定是否道德的激烈辩论，也听到许多"如果……会怎么样"的假设。我遇到过一些理解我行为的人，也有公然

表示敌意的人。和那天晚上乔在秘鲁的帐篷里对我说的话相比，旁人的意见毫无意义。我现在拥有更好的攀登技能和经验，也相信自己不会再陷入那种境地，但如果再次遭遇那种情况，我知道我的决定会是一样的。只有一个方面，我感觉自己疏忽了。在当时所处困境的极端压力下，我没有仔细检查就得出结论，认为在冰隙中进行营救是不可能的。事后反思，我明白，尝试营救的坏处可能的确比好处多，但我当时根本没想到去冰隙边仔细查看。

归根结底，我们都必须照顾好自己，无论是在山上，还是在日常生活中。在我看来，这并不是认可自私，而是只有照顾好自己，才能帮助他人。远离群山，身处日常生活的繁杂之中，忽视这一责任的代价有可能是破裂的婚姻、制造麻烦的孩子、失败的事业或被没收的房产。而在山里，忽视这一点的惩罚往往是死亡。

事故发生之后，我从来没有在意过西蒙所说的"旁人的意见"。我和西蒙清楚地知道我们之间发生了什么，并且对此并无不满。我写这本书是希望"坦率地"讲出这个故事，这么做也许可以把那些针对西蒙的严厉的、不公正的批评扼杀摇篮里。割断绳索显然触动了某些人的神经，违反了一些不成文的规则，人们似乎都在关注故事的那个部分，直到我尽可能诚实地把它写下来。

即使如此，一些足不出户的冒险家的错误意见也不会令我们困扰。从伤病中恢复，回到群山之中是我的当务之急，他人对我们该做什么、不该做什么的凭空推测无关紧要。90%的事故都是人为错误。我们难免犯错，事故总会发生。我想诀窍就是去预测你想做之事所有可能的后果，这样，即便出了问题，你也更能掌控事态。

我唯一要补充的是，不管读者看完后认为我们的经历有多痛苦，对我来说，这本书仍然无法充分阐明那些孤独的日子有多可怕。我根本无法用语言来表达那段绝对孤寂的经历。

乔·辛普森

1997 年 8 月

尾声　痛苦的回忆

2002 年 7 月中旬，秘鲁安第斯山脉，我站立的位置正是 17 年前西蒙在落雪夜发现我的确切地点。那时，我的精神和身体都受到极大创伤，体重不足 90 磅 ❶，酮症酸中毒，几乎陷入昏迷，体力接近耗竭。后来和一些医生聊过后，我怀疑，那天晚上西蒙找到我时，我很可能正在死去。

这么多年过后，此刻面对摄影师、导演和收音师期待的眼神，以及对着我的镜头和毛茸茸的长话筒，我显得局促不安。西蒙站在我旁边，对着镜头解释找到我时的情况、我当时的状态，以及我躺在岩石上的样子。

我好像是从很远的地方听到这一切，感觉自己心跳加快，对周围的群山异常在意，它们似乎在向我逼近，让我喘不过气。热潮涌过身体，我开始大量出汗，但只能不舒服地挪挪身子，希望

---

❶ 1 磅约等于 0.45 公斤，90 磅约合 40.5 公斤。

摄影机没有捕捉到这些迹象。

说来也怪，我感觉自己脆弱得不可思议，仿佛受到了攻击。事实上，越想这件事，就越焦虑。有人问我一个问题，他的声音仿佛从很远的地方传来。我能听到血液在太阳穴搏动。开口说话时，要拼命忍住，才能不哭出来。我已经下定决心在采访时不掉眼泪，但现在就要被击溃了。我听到自己在讲黑暗中西蒙和理查德来找我的那个时刻，我看到他们头灯时的景象，还有当我意识到噩梦终结、自己捡回一条命的那个美妙时刻。

我低头看向地面，我就是在那里被发现的——脸朝下趴在岩石上，然后我又抬头瞥了眼巨石凌乱的河床。我到底是怎么在黑暗中从那里下来的?

这个想法似乎加剧了恐慌。我甚至不确定自己有没有停止说话，但有很长一段时间，我看向地面，感觉自己正躺在那里，西蒙的手抓住我的双肩，把我翻过来抱住我，真是不可思议。我几乎要转过身去看是谁在碰我的肩膀。

就好像我的大脑产生了某种幻觉。神经突触交叉，一些深藏在记忆中的颜色、感情和知觉重新爆发，力量之大令人震惊。它可能持续了一毫秒，感觉像是几分钟。然后转瞬即逝，只留我心里发慌。

西蒙和我走回电影摄制组重建我们原来营地的地方。它看起来非常熟悉。我想西蒙一定注意到了什么。他问我是否没事。我说:"不，不太好。"但没有多说。我想逃走。我坐下来，试着让自己平静下来。从外表看，我很正常，但内心其实已经失控。

沿山谷向下走 20 分钟，走回巨大的大本营，我感觉好了一点。我回到自己的帐篷，往锡纸杯里倒了一杯威士忌，点着一根烟，心想："乔，那只是恐慌发作。别担心，这很正常。"

　　事实上，我不知道那是怎么一回事。在接下来的 3 周里，这种情况反复出现。可能不再那么强烈，但也许是因为我已经为它的发作做好准备。当它来临，我会告诉自己，这只是大脑在捉弄我，它会消失的。这么想很有用。

　　在和一个 14 人小组一起缓慢步行前往营地的 4 天里，我对回到那个熟悉的地方没有丝毫顾虑。这 14 个人都很强壮，包括电影摄制组、安全保障团队、背夫和 76 头驴子。事实上，这一切似乎都很滑稽。我们穿戴 80 年代风格的装备，重新演绎带着 4 头顽固驴子进山的场景，队医扮演成理查德的样子，真是既滑稽又乏味。我们从摄影机的三脚架旁跋涉而过，然后四处追赶，把犯糊涂的驴子赶回刚才来的路上，好再拍一遍刚刚那幕。

　　"你走到那一大片羽扇豆后，就开始朝着摄像机走。"对讲机里刺耳地传来这句难懂的指令，我们看了一眼山脊上遥远的豁口，那里架着 600 毫米大镜头的相机，然后又看了看即将穿越的 V 型山谷坡度陡峭的山壁。山坡从锯齿状的岩石山脊向下延伸几千英尺，直至下方很远处一条闪闪发光的蜿蜒小河。整个山坡都长满了羽扇豆。

　　绕过远在瓦亚拉帕村上方的山谷时，我看到了白雪覆盖的山峰，心中只有再次见到老朋友时的愉快惊喜。冰封的拉萨克峰和耶鲁帕哈峰耸立在山谷顶部，我兴致盎然，并没有不祥的预感。

我已经忘记这些山是多么美丽，突然意识到，尽管 20 年来，我一直在世界各地攀登群山，但瓦伊瓦什仍然是我见过最美丽的山脉。想到这里，我笑了。

接着修拉格兰德峰的西壁映入眼帘，一股忽然生出的恐惧让我浑身颤抖。它比我记忆中更庞大、更凶恶，也危险得多。它让我好奇，多年以前，我是一个怎样的人？我一定很大胆、野心勃勃，甚至有点疯狂，才会考虑做这样艰巨的尝试。我沿着当年上山的路线看去，雪从北山脊上随高海拔强风飘落而下，让我害怕。我的动力和激情都去哪儿了？那种不可一世的自大、年轻人天然具备的自信、过剩的睾丸素和匮乏的想象力，怎么都消失不见了？

我转身不再看山壁，沿冰川上凌乱的冰碛地向上跋涉，安慰自己，至少我回到这儿了；鬓角白了一些，稍微老成了那么一点，但至少我来了。

接下来几天，我在镜头前重现了在冰川和冰碛地上的爬行，那几天很脱离现实，令人心烦。我知道他们让演员在阿尔卑斯山重拍了一些情节，之后会将画面剪辑在一起，这样我的脸也不会被认出来，但不得不经历这些令人心慌的事还是让我心烦意乱——我得穿上同样的登山服装，用黄色的泡沫垫包在右腿上，然后假装爬行、摔倒、单脚跳，和 17 年前自己做过的一样。为什么他们不能找一个演员做这些呢？我一直在问自己。

我感觉仿佛随时都会从背后遭受袭击，身处冰碛地或冰川时，山脊呈环形占据整个视野，这种感觉最为强烈。那本是段封存在脑海深处的记忆。这么多年之后，这座山仍然像一根导火索，再次见到它又带回了我最坏的回忆和联想。这里就是我以为自己快要死去的地方，那些山脊线本是我见到的最后一样东西。我不该回来的。这不是一场宣泄疗愈之旅，反而十分可怕。

奇怪的是，我和西蒙几乎都没有跟对方谈起个人感受。我们已经写了、说了那么多关于这段经历的话，似乎没什么可说的了，因此没必要谈论它。任何事都不会改变，在我们心中，我和他比任何人都更清楚这里发生了什么。那是历史，我们已经接受和消化的历史。

对我来说，记忆如潮水般清晰而异常生动地涌回，偶尔会觉得，之前的17年没有过去，我又回到了1985年的可怕现实中，正在努力下山。

有一天，我独自坐在一条在冰碛地和山谷壁之间延伸的狭窄沙沟里，盯着绵延几英里的乱石，腿上绑着防潮垫，穿着相似的衣服，背着登山包，等待一英里外高处山脊上的电影摄制组在对讲机里呼叫。恐慌再一次袭来。1985年，我就坐在完全相同的位置，确信西蒙和理查德就在身后，那是幻觉，一个舒适的茧，我在里面藏得很好，完全相信它。那幻觉并不比17年后我正经历的这些更奇怪。

我一直紧张地回头看，想辨认山脊上的人，心开始狂跳，我不停紧张地深呼吸，感觉自己可能会突然哭出来。接着，我看到了围在摄像机旁的小小人影，试着让自己平静下来。石块咔嗒咔嗒滚下山谷壁，风中扬起阵阵尘土，威胁感越来越强。它们离我太近，让我不安。我回头看了眼山脊。快点，拜托。我想离开这里。

又一轮石块砸了下来，我出于本能急忙躲开。几秒钟后，极度的恐慌淹没了我。必须逃离这个地方，必须逃跑。就在我开始拆掉腿上绑着的防潮垫时，对讲机里响起了嘈杂的声音。

"乔，我是凯文，能听到吗？"我盯着胸前口袋里伸出来的对讲机天线，"乔，乔，能收到吗？准备好拍摄这一镜了吗？"

"凯文，我是乔。能听到。"我松开对话按钮，长松了一口气。

"好的，乔，请开始爬向岩石窄道。按照你自己的速度就好。"我笑了，笑声里掺杂着轻微的狂躁不安。我并不享受重返秘鲁。

创伤性情绪——内疚、悔恨、悲伤和恐怖，这类情绪在人的神经通路中传播的方式就如同根深蒂固或原始的恐惧一般。对于记忆深处的阴影和深层恐惧的研究已经有了巨大进步。如今，科学家正在寻找帮助大脑忘却和压抑恐惧的方法。在各种老鼠身上的试验表明，大脑对这类记忆的荷尔蒙反应可以被抑制，从而减弱它们唤起的情绪。简而言之，他们正试图掌握让人脑中原始恐惧这条线路短路的方法。你最可怕的噩梦，无论是真实还是想象的恐怖，都是由一个叫杏仁体的密集神经元放射出来的。当新的创伤经历发生或旧的经历重现，这个"恐惧中心"就会触发荷尔蒙的释放，在你的大脑中产生恐怖的印象，无法承受的事物便会变得难忘。这项研究旨在帮助受害者抵御创伤后应激障碍的折磨。美国已经率先对 β 受体阻断药"心得安"❶进行了人体试验。为发挥药效，病人必须在事件发生后尽快用药。

---

❶ 一种用于治疗由多种原因导致的心律失常的药物。

我一直对创伤后应激障碍这个说法有点怀疑，因为仿佛如今每个人都会得这种病。我怀疑它已经变成一个万能术语，为过往提供开脱，为起诉赔偿提供方便。在第一次世界大战和第二次世界大战之后，无论是士兵还是平民，都见证过前所未有、骇人听闻的经历，为什么没有数百万人患上创伤后应激障碍？当然，第二次世界大战时，人们已经意识到"炮弹休克"❶并非因为"缺乏坚定品格"。也许当时的人们不像今天的我们，生活在令人讨厌的谴责和赔偿文化中。

所以，从秘鲁回来、被告知患有创伤后应激障碍时，我有些惊讶。很可能是因为冰碛地和冰川四周群山的记忆强烈而根深蒂固，唤醒了我 1985 年的恐惧，它清晰无比，就好像发生在几天之前。

医生告诉我，这种影响很快就会消失，因为在过去 17 年里我很好地处理了修拉格兰德峰带来的创伤。我预约了一位心理治疗师，但被列入等候名单。其实我内心深处一直对心理治疗感到不适，对于某些美国人对心理治疗和咨询的依赖，我总有种不屑，近乎蔑视。英国人对这些问题"咬牙忍下"的方式似乎是最有效也最有尊严的解决办法。然而，我不得不承认自己回来后感觉十分奇怪，所以才勉强同意预约治疗。

与此同时，我经历了 8 周轻微的恐慌发作，会莫名地想哭，还伴随着持续的脆弱感。后来，为一家公司做励志演讲时，我讲

---

❶ 炮弹休克，出现在士兵群体中的一种战争后遗症，有很多经历了大型炮弹爆炸的士兵被送到医院后，显示出非常严重的受伤状态，但他们身体表面并没有明显的伤口。炮弹休克症是一种身体和精神上的双重伤害。患有炮弹休克症的主要症状为疲惫乏力、头疼、抑郁、失眠、休克等。

述了这个故事。几天之内，症状便消失了。6个月之后，才有人给我打电话，说可以安排治疗。我拒绝了，就这种不可靠的卫生服务略置微词，并且为自己没有严重的精神疾病松了一口气。

我无意中证明，一遍遍复述这个故事是个很好的治疗方法。显然，让患者尽可能生动地叙述他们经历的全部恐怖是心理治疗师的常见做法。随着每一次讲述，那段真实经历逐渐化为虚构，成为别人的经历，让他们可以把自己从创伤中抽离开来。简而言之，通往杏仁体这个恐惧中心的连接神经通路被阻断了，或者至少被绕开了。

去苏活区 ❶ 一家剧院观看这部剧情纪录片的一场首映时，我不禁百感交集，感觉松了一口气，一切都结束了，在超过十年的电影改编权谈判后，这本书终于被拍成了电影。改编权一度被卖给一家联合制片公司，公司里有莎莉·菲尔德和汤姆·克鲁斯。它本是要作为显示克鲁斯明星魅力的一部影片来拍摄的，这在攀登界引发了一阵喧闹和很多调侃，有人说妮可·基德曼要扮演西蒙的角色。我当时就知道，如果这部电影真的拍成了，那会是好莱坞的电影公司每年都会上映的烂片之一，然而，他们砸了大量金钱去拍烂片。交易告吹、版权回到我手里后，我很高兴地听说，一家声誉很好的剧情纪录片公司——达洛·史密森制片公司对版权感兴趣。团队里有凯文·麦克唐纳这位得过奥斯卡剧情纪录片大奖的导演，我这才认为这本书有望被制作成一部不错的电影。

进入剧院时，我完全不知道影片会是什么样的。除了我个人

---

❶ 苏活区（Soho），伦敦西部著名娱乐区。

在秘鲁遇到的困境之外，整个电影制作过程极度乏味、令人困惑。我痛苦地意识到把这本书拍得一团糟会是多么容易。

1 小时 40 分钟后，演职人员名单在银幕上滚动，我坐在座位上，既高兴又担忧。电影完全忠于原著，尽管我是最无权评价它的人，但我认为它极具力量，也感人至深。之所以担忧，是因为我之前没有意识到，我和西蒙会有多大的曝光度，直到看到我们对着摄像机讲述整个故事。我们两个都从未寻求过公众曝光，它观看起来让人很不舒服。听到自己的录音，都会感觉很奇怪，看到自己在一个大银幕上，那简直可怕至极！想把畅销书拍成令人满意的电影总是很难，但这次他们似乎成功了。不过，这应该由读者和观众来评判。和任何书面或电影的复刻相比，留在我和西蒙心中的，始终是那段能让我们强烈回想起的真实经历。

奇怪的是，1985 年在秘鲁经历的身体和情感上的创伤并未改变我的生活，是《无情之地》的成功和我后来的写作及演讲事业极大地改变了我。这部电影无疑会带来进一步的变化和挑战。

我常常会想，如果没有在修拉格兰德峰遭遇那起事故，我的生活会发生什么。一部分的我觉得，我会继续去攀爬越来越难的路线，每次都冒更大的风险。考虑到多年来因攀登而死伤的朋友，我没有自信能活到现在。在那些日子里，我是一个身无分文、思想狭隘、无法无天、粗鲁无力又野心勃勃的登山者。那次事故为我开辟出一个全新的世界。如果没有它，我永远不会发现自己写作和公开演讲的潜在才能。虽然我工作很努力，但有时还是会想，自己是不是只是很幸运而已？

在秘鲁，我们费尽精力去冒最大的风险，遭受了那些痛苦和创伤，但现在看来，和如此鼓舞人心的冒险经历相比，那只是个小小的代价。记忆难道不是一个出色的骗子吗？在秘鲁几乎失去一切的感觉，让生活有所进步，仿佛是一场胜利。从那以后，我似乎一直处于令人担忧的长胜状态。一切会在哪里结束呢？

今天的谢菲尔德阳光明媚，天气炎热，我在努力写我的第七本书，一部小说。我尽量不让自己分心——因为即将迎来去爱尔兰飞蝇钓鱼的假期，这之后还要去第四次尝试攀登艾格峰北壁。排满演讲和电影发行宣传活动的忙碌秋天也在召唤我。17年前在修拉格兰德峰挽救自己生命的奋战似乎让我变成了一个成功的商人，这真是太诡异了……

生活会给你一副惊人的好牌。要稳扎稳打、虚张声势还是孤注一掷？我永远也不会知道。

乔·辛普森

2003 年 7 月

致谢

写这本书时，我感觉自己是在和不利因素赌博。没有亲朋好友的支持和鼓励，我永远不会开始写作，更别说写完一本书了。

我原本就欠西蒙很多，除此之外，他还坦率地将他的经历告诉了我，并且允许我用自己的语言写下这些敏感的情绪。首先要感谢他的诚实和信任。

其次，我要感谢吉姆·佩兰在写作初期提供的建议，以及杰夫·伯特尔的鼓励——特别感谢他在《高处》杂志上发表了我的一系列文章。我在凯普出版公司的编辑托尼·科尔韦尔给出了非常宝贵的帮助和建议，如果不是他坚信这个故事值得写成一本书，一切都不会成真。我也十分感谢乔恩·史蒂文森督促我付诸行动。

此外，感谢汤姆·理查森为本书绘图，感谢伊恩·史密斯帮我处理照片，感谢《山峰》杂志的伯纳德·纽曼，他拯救了我的大部分幻灯片，那些幻灯片在被其他杂志和报纸使用时受到严重损坏。

如果没有波切斯特集体保险服务公司在资金方面的慷慨赞助，我和西蒙根本去不了秘鲁，其中要特别感谢加里·迪维斯。

最后，也是最重要的，我要感谢我的父母。他们鼓励我写这本书，帮助我恢复身心健康，并宽容地接受了我继续攀登的决定。

山峰译名对照表

（按拼音首字母顺序）

艾格峰 The Eiger

安第斯山脉 The Andes

北罗萨里奥峰 Rosario Norte

北赛利亚峰 Seria Norte

勃朗峰 Mont Blanc

博纳蒂岩柱 Bonatti Pillar

德华特峰 The Droites

多洛米蒂山 The Dolomites

干城章嘉峰 Kanchenjunga

哈拉莫什峰 Haramosh

罕萨河谷 Hunza Valley

喀喇昆仑山 The Karakoram

卡鲁科山 Karun Koh

克罗山口 Croz Spur

拉萨克峰 Rasac

南伽峰 Nanga Parbat

楠达德维山 Nanda Devi

乔戈里峰 K2

萨拉波峰 Cerro Sarapo

圣罗莎山坳 Santa Rosa col

食人魔峰 The Ogre

图泊单峰 Tupodam

瓦伊瓦什山 The Cordillera Huayhuash

小德鲁峰 Les Petits Drus

兴都库什山 The Hindu Kush

修拉格兰德峰 Siula Grande

岩托里峰 Cerro Yantauri

耶鲁帕哈峰 Yerupaja

图书在版编目（CIP）数据

无情之地：冰峰 168 小时 /（英）乔·辛普森著；
乔菁译 . -- 上海：文汇出版社，2023.1
ISBN 978-7-5496-3862-8

Ⅰ.①无… Ⅱ.①乔… ②乔… Ⅲ.①纪实文学－英
国－现代 Ⅳ.① I561.55

中国版本图书馆 CIP 数据核字 (2022) 第 150230 号

无情之地：冰峰 168 小时

作　　者/　〔英〕乔·辛普森
译　　者/　乔　菁
出版统筹/　杨静武
责任编辑/　何　璟
特邀编辑/　蔡　笑
营销编辑/　陈　文　　朱雨清　　沈乐璇
装帧设计/　李照祥
内文制作/　王春雪
出　　版/　**文匯**出版社
　　　　　　上海市威海路 755 号
　　　　　　（邮政编码 200041）
发　　行/　新经典发行有限公司
电　　话/　010-68423599　邮　　箱/ editor@readinglife.com
印刷装订/　山东韵杰文化科技有限公司
版　　次/　2023 年 1 月第 1 版
印　　次/　2023 年 1 月第 1 次印刷
开　　本/　880×1230　1/32
印　　张/　8.5
字　　数/　160 千

ISBN 978-7-5496-3862-8
定　　价/　68.00 元

敬启读者，如发现本书有印装质量问题，请与发行方联系。

版权登记图字 09–2022–0687